시골 생활

A Village Life

시골 생활

루이즈 글릭 시집
정은귀 옮김

시공사

제임스 롱겐바흐에게

차
례

황혼

Twilight

하루 종일 그는 사촌의 방앗간에서 일한다,
밤에 집에 오면, 늘 하나 있는 이 창문에 앉아,
그는 하루 중 단 한 번, 황혼을 본다.
이런 시간, 이렇게 앉아 꿈꾸는 시간이 더 많아져야 해.
그의 사촌이 말했듯이:
살다 보면—살다 보면 점점 덜 앉아 있게 된다.

창문에는, 세상이 아니라 세상을 재현하는
네모난 풍경이 있다. 계절이 오고 또 가고,
한 계절을 하루에 몇 시간만 볼 수 있다.
초록 사물들 다음엔 금빛 사물들, 그리고 순백이 뒤따른다—
추상에서 강렬한 기쁨이 온다,
식탁 위에 놓인 무화과처럼.

저물녘, 두 그루 포플러 사이 붉은 불의 안개 속에서 해가 진다.
여름엔 해가 늦게 진다—때로 깨어 있기가 힘들 정도다.

그리고는 모든 것이 사라진다.
조금 더 있으면 세상은
바라보는 것, 그리고는 들을 거리만 남는다,

귀뚜라미, 매미 소리.
때로 레몬 나무, 오렌지 나무 향기를 맡을 수도 있다.
그런 다음 잠이 이마저도 빼앗아간다.

하지만 이런 것들 포기하는 건 쉽다, 실험적으로,
몇 시간 동안만.

나는 손가락을 편다―
모든 것을 다 떠나보낸다.

시각의 세계, 언어,
밤에 나뭇잎 바스락 소리,
키 큰 풀 냄새, 나무 연기 냄새.

그걸 다 떠나보내고, 나는 촛불을 켠다.

목가

Pastoral

해가 산 너머로 떠오른다.
가끔 안개가 끼기도 하지만
해가 늘 안개 뒤에 있고
안개는 해를 이기지 못한다.
해는 자기 길을 태우며 간다,
어리석음을 물리치는 정신처럼.
안개가 걷히면, 초원이 보인다.

누구도 진정으로 이해 못 한다,
이곳의 야만을,
무디어지지 않으려고
이유 없이 사람들을 죽이는 방식.

그래서 사람들은 달아난다—잠시라도, 이곳에서 벗어나면,
그들은 생기 넘치고, 수많은 선택들로 둘러싸인다—

하지만 지구가 보내는 어떤 신호도
태양에 도달할 수 없다. 그 사실에 맞서서
몸부림치다 보면, 너는 길을 잃는다.

그들이 다시 돌아올 때, 그들은 더 나빠져 있다.

그들은 자기들이 도시에서 실패했다고 생각한다,

도시가 약속을 지키지 않는 것이 아니라.

그들은 자기들이 길러진 방식을 탓한다: 젊음은 끝이 났고 그들은 돌아와,

자신들의 아버지들처럼, 입을 다문다.

어름에, 일요일이 되면, 그들은 병원 벽에 기대어

담배를 피운다. 생각이 나면 그들은,

여자 친구를 위해 꽃을 꺾는다—

그러면 소녀들은 행복해진다.

여기도 좋다고 생각하지만 소녀들은 그래도 도시를, 도시의 오후를

그리워한다, 도시의 오후는 쇼핑으로 그득하다,

돈이 없을 때 할 수 있는 일 이야기로도⋯⋯.

내 생각에, 너는 떠나지 않는 게 나아;

그래야, 꿈들이 너를 해치지 않을 테니.

저물녘에, 너는 창가에 앉는다. 어디서 살든,

너는 들판을, 강을 볼 수 있다,

너 자신을 몰아세울 수 없는 현실들도—

내겐, 그편이 안전하다. 해가 떠오르고; 안개가
사라지고, 거대한 산이
모습을 드러낸다. 산봉우리가 보인다,
여름에도 봉우리가 얼마나 흰지. 하늘은 정말 푸르다,
작은 소나무들, 창(槍)처럼
점점이 박혀 있고—

걷다 지치면
너는 풀밭에 누웠다.
다시 일어나면, 네가 예전에 갔던 곳을 잠시 볼 수 있었다,
거기, 풀이 사람 몸의 형태로
매끈하고 평평하게 눕혀져 있었다. 나중에 뒤돌아보면,
너는 그곳에 한 번도 가 본 적 없는 것만 같았다.

한낮, 한여름. 들판은 끝도 없이 이어진다,
평화롭고 아름답다.
검은 무늬 박힌 나비들처럼,
꽃양귀비들 팔랑팔랑 피어난다.

갈림길들

Tributaries

마을의 모든 길은 분수대에서 만난다.
자유의 거리, 아카시아 나무의 거리—
분수는 광장 한가운데서 솟아오른다;
화창한 날이면, 천사의 오줌에 무지개가 뜬다.

여름에는, 연인들이 연못가에 앉아 있다.
연못에는 많은 걸 사색하고 비춰 볼 공간이 있다—
광장은 거의 비어 있다, 아카시아 나무는 여기까지 못 온다.
그리고 자유의 거리는 황량하고 삭막하다; 그 이미지가
연못 물을 복닥거리게 하지 않는다.

연인들 사이사이로, 어린 아이들을 데리고 나온 엄마들도 있다.
엄마들은 이야기를 나누려고 여기로 온다, 아마도
젊은 청년을 만나, 자기 아름다움이 남아 있는지 확인하려는 것
일 게다.
엄마들이 아래를 내려다보면, 그때는 슬픈 순간: 물은 격려가 되
지 않는다.

남편들은 일하러 나갔다, 하지만 어떤 기적 덕분에
사랑에 빠진 모든 젊은이들은 늘 자유롭다—

젊은이들은 분수대 가에 앉아 연인에게
분수의 물을 튕기며 논다.

분수대 주변에, 금속 테이블들이 모여 있다.
이곳은 분수의 그 강렬함을 넘어서
당신이 나이 들면 앉는 곳이다,
분수대는 젊은이를 위한 곳, 젊은이들은 여전히 자기를 바라보
고 싶어한다.
또는 엄마들을 위한 곳, 아이들을 즐겁게 해 줄 필요가 있기에.

날씨가 좋으면, 노인들이 테이블에 앉아 시간을 보낸다.
인생은 이제 단순하다: 하루는 코냑, 하루는 커피와 담배.
연인들에겐, 누가 생의 변두리에 있고, 누가 중심에 있는지 분명
하다.

아이들은 운다, 아이들은 장난감을 두고 다툰다.
하지만 물이 거기 있어, 엄마들이 아이들을 사랑한다는 걸 일깨
워 준다;
아이들이 익사하는 건 끔찍할 테니.
엄마들은 늘 피곤해 하고, 아이들은 늘 싸운다,

남편들은 일을 하거나 화가 나 있다. 젊은 남자는 하나도 오지
않는다.
연인들은 어디 먼 옛날에서 온 어떤 이미지 같다, 산에서
아주 희미하게 들려오는 메아리 같다.

그들은 홀로 있다, 분수대에, 어두운 우물 속에.
그들은 추방당했다, 희망의 세상,
즉 행동의 세상으로부터,
하지만 생각의 세상은 아직 이들에게 열리지 않았다.
그게 열리면, 모든 것이 변할 것이다.

어둠이 내리고, 광장은 텅 빈다.
가을 첫 낙엽이 분수대에 흩날린다.
길은 더 이상 여기로 모이지 않고;
분수는 길들이 원래 왔던 언덕으로 그 길들을 돌려보낸다.

깨어진 믿음의 거리, 실망의 거리,
아카시아 나무의 거리, 올리브 나무의 거리,
바람은 은빛 잎사귀로 가득하고,
잃어버린 시간의 거리, 들판 끄트머리가 아니라

산기슭에 있는 돌에서 끝나는 자유의 거리.

한낮

Noon

그들은 아직 다 자라지 않았다— 소년과 소녀에 가깝다, 정말이
다.

학교가 끝났다. 여름이 시작되는 이때, 여름의 가장 좋은 때다—
해가 빛나고 있지만, 열기는 아직 따갑지 않다.

그리고 자유가 아직 따분해지지 않았다.

그래서 하루 종일 목초지를 돌아다니며 시간을 보낼 수 있다.

목초지는 끝없이 이어지고, 마을은 점점 더 희미해진다—

어리다는 것은, 이상한 자리에 있는 일인 것 같다.

모두가 갖고 싶어 하는 걸 그들은 갖고 있는데 그들은 이걸 *원하*
지 않는다—

하지만 어떻게든 그걸 지키고는 싶어 한다; 그게 그들이 거래할
수 있는 전부라서.

이렇게 혼자 있을 때, 그들은 이런 이야기들을 주로 한다.

시간이 그들에겐 달리며 지나가지 않는다고.

마치 영화관에서 필름의 릴이 끊어진 것 같다. 어쨌든 그들은 머
물러 있다—

대개는, 떠나고 싶지 않아서다. 하지만 릴을 고칠 때까지는,

옛날 릴이 다시 돌아오기도 한다,
갑자기 너는 영화 속 그 옛날로 돌아가게 된다—
주인공은 여주인공을 만나지도 못했다. 그는 아직 공장에 있다,
주인공의 타락은 시작도 안 했다. 여주인공은 이미 타락한 채,
부두를 배회하고 있다.
이렇게 되고 싶었던 것은 아니다. 그녀는 착했는데, 그 일이 일어
났다,
봉투를 머리에 덮어씌우고 납치한 것처럼.

하늘은 구름 한 점 없이 파랗고, 풀은 말라 있다.
그들은 아무 문제없이 앉아 있을 수 있다.
그들은 앉아서, 이런저런 이야기를 나누다가— 피크닉 도시락을
먹는다.
담요 위에 올려놓아서, 음식은 깨끗하다.
그들은 늘 이런 식으로 해 왔다; 풀도 알아서 한다.

나머지는— 어떻게 두 사람이 담요 위에 누울 수 있는지—
그들은 그걸 알지만, 아직 준비는 되지 않았다.
일종의 게임으로, 시험 삼아 그걸 해 본 사람들을 그들은 안
다—

그러면 너는 말한다, 아니, 때가 나빠, 아직 계속 아이로 있을래.

하지만 네 몸은 말을 듣지 않는다. 네 몸은 이제 모든 걸 안다, 너는 아이가 아니라고, 오랫동안 아이가 아니었다고, 몸은 말한다.

그들의 생각은, 변화를 멀리하라는 거다. 변화는 눈사태와 같아서―

모든 바위들이 산 아래로 미끄러져 내리고, 그 밑에 서 있던 아이는

그냥 죽는다.

그들은 포플러 나무 아래 제일 좋은 자리에 앉는다.

그리고 이야기를 나눈다―이제 몇 시간이 지났을 거다, 해가 다른 곳에 있다.

학교에 대해, 둘 다 알고 있는 사람들에 대해,

어른이 되는 것에 대해, 네 꿈이 뭔지 넌 어떻게 알게 되었는지 등등.

예전에는 게임을 하곤 했는데, 지금은 안 한다― 몸이 너무 많이 닿기 때문이다.

그래서 담요를 접을 때만 살짝 닿는 정도다.

이걸 서로가 안다.

그래서 이런 이야기를 하지 않는다.

그런 걸 하기 전에, 그들은 더 많은 걸 알아야 할 게다—

사실, 일어날 수 있는 모든 일. 그때까지는, 그냥 지켜보고

어린아이로 남아 있다.

오늘 그녀는 혼자서 담요를 접고 있다, 안전하게 있으려는 거다.

그는 한눈을 팔고 있다—너무 생각에 빠져 있어서 도와줄 수 없

는 척을 한다.

네가 어느 시점에서 더 이상 어린아이가 아니라는 것, 그리고 그

시점에서

너는 낯선 사람이 된다는 것을 그들은 안다. 견딜 수 없이 외로

운 일.

해가 거의 질 무렵에 그들은 마을로 돌아온다.

완벽한 하루였어; 그들은 이런 이야기를 한다,

언제 다시 피크닉을 가게 될 지에 대해서도.

그들은 여름 어스름을 지나 걷는다,

손을 잡지는 않고, 하지만 여전히 서로 모든 걸 이야기하며.

폭풍이 오기 전에

Before the Storm

내일은 비가 오겠지만, 오늘 밤 하늘이 맑고, 별이 빛난다.
그래도, 비가 올 것이다,
아마도 씨앗들을 익사시킬 지도 모르겠다.
바다에서 바람이 불어와 구름들을 밀어내고 있다;
구름들 보기도 전에, 바람을 느낄 수 있다.
지금 밭을 살펴보는 게 낫겠다,
침수되기 전에 어떤지 보려면.

보름달이다. 어제, 양 한 마리가 숲으로 도망쳤다,
그냥 양이 아니라—숫양이다, 모든 미래가 달린.
우리가 다시 그 양을 보게 되면, 아마 뼈만 보게 될 거다.

풀이 살짝 떨고 있다; 바람이 지나갔나 보다.
올리브나무 새 이파리들도 같은 방식으로 떨고 있다.
들판의 쥐. 여우가 사냥하는 곳에서,
내일은 풀밭에 피가 묻어 있을 거다.
하지만 폭풍이—그 피를 씻어 낼 거다.

한쪽 창문에, 한 소년이 앉아 있다.
너무 일찍 자러 갔다—너무 일찍,

그런 것 같다. 그래서 그는 창가에 앉아 있다—

모든 것이 이제 해결되었다.
지금 네가 있는 곳이 네가 잠잘 곳이고, 아침에 일어날 곳이다.
산은 등대처럼 서 있어 밤에게 알려준다, 지구가 존재한다고,
지구를 잊어버리면 안 된다고.

바다 위에는, 바람이 일어 구름을 만들고,
또 구름을 흩트린다, 구름에 어떤 목적의식을 심어 주며.

내일, 새벽은 오지 않을 것이다.
하늘은 다시 낮의 하늘로 돌아가지 않고; 밤으로 계속될 게다,
폭풍이 오면 별들만이 희미해지다가 사라질 게다,
폭풍은 대략 열 시간 정도 이어지겠지.
하지만 그 세계는 예전으로 돌아올 수 없다.

하나둘씩, 마을 집들의 불빛이 희미해지고
산은 반사된 빛으로 어둠 속에서 빛난다.

어떤 소리도 없다. 문간에서 고양이들만 뒹굴고 있다.

고양이들은 바람 냄새를 맡는다: 더 많은 고양이를 만들 시간.

나중에, 고양이들은 거리를 배회하지만, 바람 냄새가 그들을 따라다닌다.

피 냄새로 어지러운 들판에서도 마찬가지다

그래도 지금은 바람만 일고; 별들이 들판을 은빛으로 물들인다.

바다에서 이렇게 멀리 떨어져 있어도 우리는 이런 징후를 안다.

밤은 열린 책이다.

하지만 밤 너머의 세상은 여전히 신비로 남아 있다.

일몰

Sunset

해가 지는 것과 동시에,
농장 일꾼이 낙엽을 태우고 있다.

아무 것도 아니다, 이 불은.
그건 소소한 것, 독재자가 이끄는
어떤 가족처럼, 통제된다.

하지만, 불길이 치솟자, 농장 일꾼은 사라지고;
길에서, 그는 보이지 않는다.

해에 비하면, 여기 모든 불들은
빨리 죽는다, 아마추어 같다—
잎이 다 타 버리면 불도 끝이다.
그러면 농장 일꾼이 다시 나타나, 재를 긁어모은다.

하지만 그 죽음은 실제다.
마치 해가 자기 할 일을 다한 것처럼,
들판을 자라게 하고, 그리고는
대지를 태우는 영감을 준 것처럼.

이제 해가 져도 된다.

카페에서

In the Café

이 세상이 지겨워지는 건 당연하다.
네가 이렇게나 오래 죽어 있으면, 아마 천국도 지겨울 것이다.
한 장소에서 할 수 있는 일을 하다가
얼마의 시간이 지나 거기서 네가 지치면
너는 구출을 갈망하게 된다.

내 친구는 좀 너무 쉽게 사랑에 빠진다.
거의 매년 새로운 여자 친구를 만난다—
아이가 있다 해도, 괜찮다고 한다;
아이들과도 사랑에 빠질 수 있으니.

그래서 남은 우리는 시들해지고 그는 늘 그대로다,
모험 가득, 늘 새로운 걸 발견한다.
하지만 이사를 너무 싫어해서, 여자들이 이리로, 혹은 근처로 와
야 한다.

한 달에 한 번 정도, 우리는 만나서 커피를 마신다.
여름에는, 목초지 주변을 거닐기도 하고, 가끔은 산에도 간다.
괴로울 때도 있지만, 그는 몸만큼은 늘 행복하고 생생하다.
여자들 덕분인 이유도 있지만, 그것만은 아니다.

그는 여자들 집으로 이사해서, 여자들이 좋아하는 영화를 좋아하게 된다.

연기가 아니다—그는 진짜로 배운다,

우리가 요리 교실에 가서 요리를 배우는 것처럼.

그는 모든 것을 그 여자들의 눈으로 본다.

그는 현재의 그들이 아니라, 그 여자들이 자기 캐릭터 안에

갇히지 않았다면 될 수 있었을 그런 사람이 된다.

그로서는, 이 새로운 자아가 발명된 것이기에 자유롭다—

그는 그들의 영혼이 뿌리내린 근본적인 욕구들을 흡수한다,

이로 인해 발생하는 의식과 선호도를 자기 것으로 경험한다—

하지만 여자와 살 때마다 매번 그는 각각의 여자들에 맞는 자신의 형태를

온전히 살아가는데, 그건 평범한 수치심과 불안에 의해 바뀌지는 않기 때문이다.

그가 떠나면, 여자들은 망연자실한다.

자기들이 필요한 걸 다 맞춰 주는 남자를 마침내 만났는데

그에게 말하지 못할 것이 없었는데.

하지만 이제 그를 만나면, 그는 어떤 암호 같다—
그들이 알고 있던 그 사람은 더 이상 없다.
그는 그들이 만났을 때 존재했고,
그 만남이 끝나서 그가 걸어 나갔을 때, 사라졌다.

몇 년이 지나면, 그들은 그를 극복한다.
여자들은 새 남자 친구에게 말한다, 얼마나 멋진 일이었는지,
마치 또 다른 여자와 사는 것처럼, 아무 악의나 질투 없이,
한 남자의 힘과 한 남자의 맑은 정신과 함께 사는 것이.

그러면 남자들은 이걸 참아 주고, 심지어 웃어넘긴다.
남자들은 여자들의 머리를 쓰다듬어 준다—
이런 남자는 없다는 걸 그들은 안다; 경쟁심을 느끼기가 어렵다.

하지만 이보다 더 좋은 친구는 없을 것이다,
이보다 더 섬세한 관찰자는. 대화할 때 그는 솔직하고 개방적이
다,
우리가 젊을 때 가졌던 어떤 강렬함을 그는 간직하고 있다.
두려움에 대해, 무척 싫어하는 자질에 대해 그는 솔직하게 이야
기한다.

또 그는 관대해서—내가 어떤 상태인지 보기만 해도 안다.

내가 좌절하거나 화나는 일이 있으면, 그는 몇 시간이고 들어준다,

억지로 하는 게 아니라, 관심이 있어서다.

아무래도 여자들하고 있을 때 그런 것 같다.

하지만 그는 친구들도 절대로 떠나지 않는다—

친구들과 함께, 그는 자기 인생 밖에 서서 자기 인생을 명확하게 보려고 애쓴다—

오늘 그는 앉아 있기를 원한다; 할 말이 참 많다.

목초지에 대해 할 말이 너무 많다. 평생을 알고 지낸 누군가와 얼굴을 마주 보고 이야기하고 싶어 한다.

그는 새로운 생의 문턱에 서 있다.

그의 눈은 빛나고, 커피에는 아무 관심이 없다.

해가 지고 있지만, 그에게

해는 다시 떠오르고, 들판은 새벽빛으로 물이 든다.

장밋빛으로, 조심스레 머뭇거리며.

그는 잠자리를 같이 했던 여자들의 부분들로서가 아니라, 이 순간들 속에

자기 자신으로 있다. 그는 그들의 삶으로 들어간다, 네가 꿈에 들듯,

자유 의지 없이. 그리고 그는 네가 꿈에 살듯이 거기서 산다,

얼마나 오래 지속되든. 그리고 아침이 되면, 너는

그 꿈을 다 잊는다. 아무것도 기억 못 한다.

광장에서

In the Plaza

두 주 동안 그는 같은 여자를 지켜봤다,
광장에서 보는 여자. 아마도 이십 대인 듯,
오후에는 자그마한 검은 머리를
잡지 위에 수그리고 커피를 마신다.
그는 광장 건너편에서, 담배나 꽃다발,
뭔가를 사는 척하며 지켜본다.

그 존재를 모르기 때문에,
상상력이라는 그의 필요와 합쳐져, 그녀의 힘은 이제 매우 크다.
그는 그녀의 포로다. 그녀는 그가 건네는 말을 한다.
낮고 부드럽게 그가 상상하는 목소리로,
검은 머리카락으로 보아 남부에서 온 목소리일 거다.

곧 그녀는 그를 알아보고 그를 기대하기 시작한다.
아마도 매일 그녀는 머리를 새로 감을 것이다,
아래를 내려다보기 전에 그녀는 광장 너머 밖을 바라볼 것이다.
그리고 그 후에 그들은 연인이 될 것이다.

하지만 그는 이 일이 금방 일어나길 바라지 않는다
지금 그의 몸과 감정에 그녀가 어떤 힘을 행사하든지,

그녀가 자신을 맡기게 되면 더 이상 힘이 없을 것이기에—

그녀는 사랑할 때 여자들이 들어가는
그 사적인 감정의 세계로 물러날 것이다. 거기서 살면서, 그녀는
세상에 존재하지 않는 사람이 될 거다, 그림자가 없는 사람처럼;
그런 점에서, 그에겐 그다지 도움이 되지 않기에,
그녀가 살든 죽든 거의 중요하지 않다.

새벽

Dawn

1.
어두운 방에서 깨어난 아이
내 오리 돌려 줘, 내 오리 돌려 줘,

아무도 알아들을 수 없는 언어로 비명을 지른다―

오리는 없다.

하지만 그 개가, 두툼한 흰 천으로 덮인 채―
그 개가 그 아이 바로 옆 아기 침대에 있다.

여러 해, 여러 해―그렇게나 많은 시간이 흐르고.
모두 꿈속의 일. 하지만 그 오리―

오리한테 무슨 일이 있었는지는 아무도 모른다.

2.
그들은 방금 만났다, 지금
그들은 열린 창가에서 자고 있다.

그들을 조금이라도 깨워서, 그 밤에 대해
그들이 기억하는 것이 맞다고 확신시키려면,
빛이 지금 그 방에 들어와야 한다,

또 이런 일이 일어난 맥락을 보여 주려면:
더러운 매트 아래 반쯤 숨겨진 양말,
녹색 잎사귀로 장식된 누비이불—

햇빛은 다른 물체 아닌
이것들을 구체적으로 보여 준다,
임의적인 방식이 아니라, 확실하게, 경계를 설정하여,
그리고는 천천히 머물며,
하나하나 세세하게 묘사한다,
영어 작문처럼, 까다롭게,
시트에 묻은 약간의 피조차도—

3.
나중에, 그들은 하루 동안 헤어진다.
더 나중에는, 책상에서, 시장에서,

매니저는 주어진 수치들에 만족하지 않고,
열매들은 제일 윗층 밑으로 곰팡이가 피었다—

그래서 사람은 세상 속에서 행동을 계속 하면서도
세상으로부터 한 발 물러난다—

너는 집에 와서, 그때서야 곰팡이를 본다.
다시 말해, 너무 늦게.

햇빛이 잠시 네 눈을 멀게 한 것처럼.

첫눈

First Snow

어린 아이처럼, 지구가 잠이 들려고 한다,
혹은 그렇게 이야기가 계속된다.

근데 나는 피곤하지 않아, 그게 말한다.
그러면 어머니가 말한다, 너는 피곤하지 않을지 몰라도 내가 피
곤해—

엄마 얼굴에서 그걸 알 수 있다, 누구나 알 수 있다.
그래서 눈이 내려야 하고, 잠이 와야 한다.
어머니는 삶에 지쳐 죽을 지경이라서
침묵이 필요하기 때문이다.

지렁이

Earthworm

필멸의 존재는 땅 위에 서서, 땅으로 들어가기를
거부한다: 너는 자신에게 말한다,
깊이 볼 수 있다고
너를 만든 그 갈등들을, 하지만 죽음 앞에 서서
너는 깊이 파고들지 않을 것이다—만약 네가
연민이 너를 휩쓴다고 느낀다면, 그건
망상이 아니다: 모든 연민이 다
높은 데서 낮은 데로 내려가지는 않는다, 일부는
땅에서 저절로 솟아나고, 끈질기지만
강요는 없다. 우리는 둘로 나뉠 수 있지만, 너는
핵심에서 훼손되었고, 너의 마음은
네 감정에서 분리되었다—
억압은 우리 같은
작은 유기체들을 속이지 못한다:
일단 땅 속에 들어가면 넌 땅을 두려워하지 않게 될 거다;
일단 공포 속에서 살게 되면,
죽음은 마치 스펀지나 벌집처럼,
터널이나 채널의 그물망처럼 보일 게다, 우리의 일부로,
넌 죽음을 자유로이 탐험할 것이다. 아마
이 여행들에서 널 피해 갔던 어떤 온전함을

너는 발견하게 될 것이다―남자로서 여자로서
너는 네 영혼에 흔적을 남긴 것을
너의 몸에 결코 자유롭게
기록하지 못했으니.

강에서

At the River

그 여름 어느 밤, 어머니는 결심했다 자신이

쾌락이라고 부른 것에 대해 내게 말해 줄 때가 되었다고, 이런

의식을

어머니는 좀 불편해 하셨다, 그래서 어머니는 마치 가족 중에 누

가 방금

죽기라도 한 듯, 처음에 내 손을 잡으면서 그걸 감추려 하셨다—

내 손을 계속 잡고서 어머니는 일장 연설을 하셨으니,

쾌락에 대한 대화라기보다는 기계 공학에 대한 연설에

더 가까웠다. 어머니는 다른 손으로 책을 한 권 들고 있었는데,

분명히, 주된 사실들을 그 책에서 얻었음에 틀림없다.

다른 두 남동생들과 여동생에게도 어머니는 똑같은 일을 했다,

책은 늘 같은 책이었다, 진 파랑색,

우리 각자 같은 복사본을 받긴 했지만.

표지에는 선화(線畵)가 그려져 있었다,

남자와 여자가 손을 잡고 있는데,

비포장 도로 양쪽에 있는 사람처럼 멀찍이 떨어져 서 있었다.

분명, 어머니 아버지가 한 일에 대한 언어는 없었다,

내가 판단하기로, 그건 쾌락이 아니었다.

동시에, 사람들을 하나로 묶는 게 무엇이든,

그 차가운 흑백 다이어그램과 닮지도 않았다, 그건 말하자면,
다른 것들 중에, 너는 다만
반대되는 성(性)의 사람하고만 쾌락을 얻을 수 있다는 뜻이었다,
일테면, 소켓 두 개가 있고 플러그는 없는 상황이 안 되도록.

학교는 아직 방학이었다.
나는 내 방으로 돌아와 문을 닫았다
어머니는 부엌으로 가셨고
아버지는 눈에 안 보이는 손님과 자신을 위해 와인을 따르고 있
었다.
손님은—놀랍게도—나타나지 않는다.
아니, 술병이 동이 날 때까지 밤새도록 파티를 벌이고 있는 것은
아버지와 아버지의 친구인 성령이시다,
술이 떨어진 후에도 아버지는 책을 앞에 펴 놓고
계속 테이블에 앉아 계신다.

재치 있게, 그래서 성령이 당황하지 않도록,
아버지는 모든 잔들을 잘 다루셨다,
처음에는 자기 잔을, 그다음엔 다른 잔을, 교대로 하룻밤씩 주거
니 받거니 하셨다.

그때쯤에, 나는 집을 나왔다.

여름이었고, 강에서 친구들을 만나곤 했다.

그 모든 게 엄청나게 부끄러운 일로 여겨졌다

사실인즉, 남자애들만 빼고, 우리는 그 메커니즘을 알지 못했지만 말이다.

남자애들은 원하기만 하면, 열쇠를 손에 쥐고 있었다,

많은 아이들이 이미 그걸 사용해 봤다고 했다,

일단 한 아이가 그렇게 말하면, 다른 아이들도 그렇게 말했다,

물론 다들 형이나 누나가 있었다.

우린 강가에 앉아 부모님에 대한 전반적인 이야기, 특히 섹스에 대한

이야기들을 나누었다. 많은 정보가 공유되었고,

물론 그 주제는 단연코 늘 재미있었다.

나는 내 책, 《이상적인 결혼》을 보여 줬고—우린 모두 그 책에 대해 와르르 웃었다.

어느 밤, 한 남자애가 와인 한 병을 가져와 한참 동안 돌아가며 나눠 마셨다.

그해 여름에 우리는 점점 더 알게 되었다

어떤 일이 우리에게 일어날 거고
그게 우릴 변화시킬 거라는 걸.
그래서 이런 식으로 만나던 우리 그룹은
껍질이 떨어져 나가듯 산산이 부서질 것이고,
그러면 새가 나올 수 있게 될 거라는 걸.
물론 그 새는 두 마리 새, 한 쌍의 새가 될 것이다.

우리는 강가 갈대밭에 앉아서
작은 돌멩이들을 던졌다. 돌멩이들이 맞으면
별들이 잠시 반짝이는 걸, 작은 빛이 폭발해서 깜박거리다
사라지는 걸 볼 수 있었다. 내가 좋아하기 시작한 소년이
하나 있었는데, 말은 걸지 않고 지켜보기만 했다.
난 그 아이 뒤에 앉아 그 애 목덜미를 관찰하는 걸 좋아했다.
그리고 잠시 후 우리는 다 함께 일어나 어둠을 헤치고 마을로
돌아왔다. 들판 위로, 하늘이 맑았다,
강물 속에서처럼 사방에 별들이 있었다, 이 별들은 진짜 별들이
었지만,
심지어 죽은 별들도 모두 진짜였다.

하지만 강에 있는 별들은―

그 별들은 수천 개의 아이디어가 갑자기 폭발하는 것 같았다,
아마 진짜는 아니었겠지만, 왠지 더 생생하게 느껴졌다.

집에 도착했을 때, 어머니는 주무시고 계셨고, 아버지는 아직도 식탁에 앉아
책을 읽고 계셨다. 그러면 내가 물었다, 아버지 친구분은 가셨어요?
그러면 아버지는 나를 한참 뚫어지게 쳐다보셨다,
그러고는 말씀하시길, 네 엄마와 나는 저녁 식사 후에 와인 한 잔 함께하곤 했단다.

복도

A Corridor

열린 문이 하나 있어 주방이 보인다—
거기선 늘 근사한 냄새가 흘러나온다,
하지만 그를 마비시키는 건 그곳의 온기다,
중앙의 스토브가 열기를 내뿜는다—

어떤 인생들은 그와 같다.
열기가 중심에 있어서, 늘 일정하게 따뜻하니, 아무도 그 생각을
하지 않는다.
하지만 그가 들고 있는 열쇠가 다른 문을 열어 주고,
그러면 다른 쪽에는 온기가 그를 기다리고 있지 않다.
그는 직접 만든다—자신과 와인을.

첫 잔은 집으로 돌아오는 자신이다.
그는 스튜 냄새를 맡을 수 있다, 송아지 고기에 레드 와인과 오
렌지 껍질을 섞은 요리다.
아내가 침실에서 노래를 하며, 아이들을 재운다.
그는 천천히 술을 마신다, 아내가 문을 열고 손가락을 입술에 대
고
그에게 열렬히 다가와 포옹한다.
그 후에 도브 스튜가 나올 거다.

하지만 뒤이어 나오는 잔들은 아내를 사라지게 만든다.
아내는 아이들을 데리고 간다; 아파트가 원래대로 작아진다.
그는 다른 사람을 찾는다—정확히 다른 사람이 아니라,
친밀함을 밀치는 어떤 자아를, 마치 결혼의 프라이버시란 것이
두 사람이 함께 닫아 버린 문인 것처럼
아내도, 남편도, 아무도 혼자 나갈 수 없는 것처럼,
그래서 두 사람이 질식할 때까지 열기가 거기 갇혀 있는 것처럼
마치 전화 부스 안에 두 사람이 살고 있는 것처럼—

곧 와인이 떨어지고. 그는 세수하고, 아파트를 어슬렁거린다.
여름이다—인생은 열기 속에서 썩어 간다.
어떤 밤들에, 그는 아이들에게 노래하는 여자의 목소리를 아직
도 듣고 있고;
또 어떤 밤들엔, 침실 문 뒤, 그녀의 발가벗은 몸이 존재하지 않
는다.

피로

Fatigue

겨울 내내 그는 잠을 잔다.
그런 다음 일어나, 면도를 한다—
다시 남자가 되려면 오랜 시간이 걸린다,
거울 속 그의 얼굴은 검은 수염이 가득하다.

이제 대지는, 그를 기다리는 여자 같다.
엄청난 희망—그게 그들을 하나로 묶고 있다,
그 자신과 이 여인을.

이제 그는 자기가 가진 것이 마땅하다는 걸 증명하려고 하루 종
일 일해야 한다.
한낮: 그는 피곤하고, 그는 목마르다.
하지만 지금 그만두면 아무것도 얻지 못한다.

그의 등과 팔을 뒤덮은 땀은
그에게서 쏟아져 나오는 인생 같다
그 무엇으로도 대체할 수 없다.

그는 짐승처럼 일하고, 또
기계처럼 아무 감정 없이.

하지만 그 유대는 결코 끊어지지 않을 것이다
비록 대지가 여름 열기 속에서 거칠게 반격한다 해도—

그는 쪼그리고 앉아, 흙먼지를 손가락 사이로 흘려보낸다.

해가 지고, 어둠이 찾아온다.
이제 여름이 끝나고, 대지는 딱딱하고 차갑다;
길가에, 고립된 몇 개의 불이 타오른다.

사랑에 관해서라면 아무것도 남아 있지 않다,
다만 소외감과 증오만.

불타는 나뭇잎

Burning Leaves

집과 헛간에서 그리 멀지 않은 곳에서
농장 일꾼이 낙엽을 태우고 있다.

낙엽은 저절로 사라지지 않는다;
낙엽은 쿡쿡 찔러 밀어야 한다,
농장 일꾼은 매년 낙엽 더미를 쿡쿡 찌르는데,
그러다 보면 연기 내음이 대기로 피어오른다.

그러면, 한 시간 남짓, 정말로 생기를 얻어서
살아 있는 생명체처럼 활활 타오른다.

연기가 걷히면, 집은 안전하다.
한 여자가 뒤에 서서,
버드나무 바구니에 마른 옷을 개고 있다.

그렇게 또 일 년이 끝났다,
죽음이 생명을 위한 자리를
가능한 한 많이 만들면서,
하지만 집을 불태우면 너무 많은 자리가 생길 것이다.

해질 녘. 길 건너편,
농장 일꾼이 차가운 재를 쓸고 있다.
가끔 재가 탈출해서, 바람에 무해하게 떠돌아다닌다.

그러면 대기가 고요하다.
불이 났던 자리엔 동그랗게 돌로 된 원에 맨 흙만 남는다.
대지와 어둠 사이엔 아무것도 없다.

밤 산책

Walking at Night

이제 그녀는 늙었으니,
젊은 남자들은 그녀에게 얼씬도 않는다,
그래서 밤은 자유롭다,
그토록 위험했던 해질 녘 거리도
목초지처럼 안전해졌다.

한밤중, 마을은 고요하다.
달빛이 돌담에 반사되고;
길 위에는 아내와 어머니가 있는 집으로
돌아가는 남자들의 긴장된 소리들이 있고; 이렇게 늦게,
문들은 잠겨 있고, 창문들은 어둡다.

지나가면서 남자들은 그녀에게 눈길 주지 않는다.
그녀는 풀밭의 마른 풀잎 같다.
그래서 땅만 바라보던 그녀의 눈이
이제는 자유롭게 원하는 곳으로 간다.

거리가 지겨워지고, 날씨가 좋으면, 그녀는
마을 끝자락 들판까지 걷기도 한다.
여름에, 가끔은 저 멀리 강가까지 간다.

예전에는 젊은이들이 여기서 멀지 않은 곳에 모였다,
하지만 지금은 비가 오지 않고 강이 얕아져서,
강둑도 황량해졌다—

그땐 소풍이 많았다.
남자아이들과 여자아이들은 짝이 되어서;
잠시, 숲속으로 들어갔다
숲은 항상 저물녘이었다—

그 숲들 지금은 다 텅 비었겠지—
벌거벗은 몸들은 다른 숨을 곳을 찾았다.

강에는, 물이 충분히 있어서 밤하늘이
회색 돌들에 도드라지는 무늬를 만들고 있다. 달이 밝다,
많은 돌들 사이 돌 하나다. 바람이 일어;
강가에 자라는 작은 나무들 일렁인다.

어떤 몸을 보면, 어떤 역사가 보인다.
그 몸이 더 이상 보이지 않게 되면,
그 몸이 말하려 했던 이야기는 길을 잃는다—

이런 밤에, 그녀는 다리까지 빨리 걸어갔다가
돌아올 것이다.
모든 것이 아직은 여름 내음이다.
그리고 그녀의 몸은, 가벼운 여름 옷 밑에서 어른어른,
젊은 여자였을 때 그 몸으로 다시 보이기 시작한다.

비아 델레 옴브레

Via Delle Ombre

대개는, 해가 나를 깨운다.

어두운 날에도, 아침엔 빛이 많이 들어온다—

블라인드로 합쳐지지 않은 곳에 가느다란 선들이.

아침이다—나는 눈을 뜬다.

매일 아침 나는 다시 본다, 이곳이 얼마나 더러운지, 얼마나 암
울한지.

그래서 나는 절대 일에 늦지 않는다—해가 환해지면서

쌓이는 먼지를 보면서 여기서 시간을 보낼 순 없다,

직장에서 일하는 낮 동안엔, 나는 그걸 잊어버린다.

일만 생각한다: 플라스틱 병에 컬러 비즈를 넣는 일.

해질 녘 집에 돌아오면, 방에 그림자 드리워진다—

사무실의 그림자가 맨바닥을 덮는다.

여기 사는 사람은 다 파멸할 운명이라고 말하는 것 같다.

그런 기분이 들면,

술집에 가서 텔레비전 스포츠를 본다.

가끔 주인에게 말을 걸기도 한다.

주인은, 기분은 신경 쓰지 말라고 이야기한다—

그림자는 밤이 다가오고 있다는 뜻이지, 낮이 다시는 오지 않을
거란 뜻이 아니라고.
　그는 내게 사무실을 옮기라고 말한다; 그럼 다른 그림자가 생기
겠지요,
　아마 다른 진단도요.

　우리 둘만 있으면, 그는 텔레비전 볼륨을 낮춘다.
　선수들은 계속 서로 부딪히지만
　우리한테는 우리 목소리만 들린다.

　경기가 없으면, 주인이 영화를 고르기도 한다.
　늘 똑같다―소리가 꺼진 채로, 이미지만 나온다.
　영화가 끝나면, 서로 감상평을 비교하며 우리가 같은 이야기를
봤는지 확인한다.
　가끔 몇 시간 동안 이 쓰레기 같은 영화를 보기도 한다.

　집에 걸어 돌아오면 밤이다. 집들이 얼마나 허름한지 모르겠다.
　영화는 내 머릿속에 있다: 주인공의 길을 따라가고 있다고 나는
내게 말한다.

영웅은 모험을 떠난다―새벽이다.

그가 떠나면, 카메라는 다른 사물의 사진을 모은다.

그가 돌아오면, 카메라는 방을 한 번 둘러보기만 해도

이미 거기 있는 모든 것을 안다,

이제 그림자가 없다.

방 안은 어둡고; 밤공기는 시원하다.

여름에는, 오렌지 꽃 향기를 맡을 수 있다.

바람이 있다면, 나무 한 그루로 충분하다―과수원 전체는 필요

없다.

나는 주인공이 하는 대로 한다.

그가 창문을 연다. 그는 대지와 다시 만난다.

사냥꾼들

Hunters

어두운 밤—길거리들은 온통 고양이들 세상.
고양이들, 또 고양이들이 찾아 죽이는 작은 것들—
고양이들은 언덕에 사는 조상들처럼 빠르고
그리고 그 조상처럼 배가 고프다.

달도 없고. 그래서 밤은 서늘하다—
밤을 데워 줄 달이 없다. 여름이 물러가고 있지만
아직은 사냥할 게 많다
쥐들은 고양이처럼 조심조심 조용하지만.

대기 내음 맡아 봐—고요한 밤, 사랑을 위한 밤.
그리고 이따금씩 비명 소리
고양이가 쥐의 다리를 이빨로 파고 있는
저 아래 거리에서 올라오는 소리다.

비명을 지르면, 쥐는 죽는다. 그 비명은 지도와 같다:
비명 소리로 고양이는 쥐의 목을 찾으니까. 그 후
비명 소리는 시체에서 나온다.

이런 밤에 사랑에 빠지다니 너는 운이 좋다,

시트 위에 발가벗고 땀 흘리며 누워 있어도 아직
따뜻하니, 이 사랑은, 누가 무슨 말을 해도, 힘든 일이다.

죽은 쥐들은 고양이가 떨구어 놓았던 길에 누워 있다.
환경미화원들이 죽은 쥐들 쓸어버리기 전에
지금 네가 길에 없는 것이 다행이지. 해가 뜨면,
해가 발견한 그 세상에 실망하진 않을 것이다,
새로운 날과 이어지는 밤을 위해 거리가 깨끗할 테니.

사랑의 울음이 시체들의 비명을 떠내려 보내는 곳에서
네가 잠에 드는 것은 얼마나 다행인지.

종이 한 장

A Slip of Paper

오늘 병원에 갔는데—
내가 죽는다고 의사가 말했다,
딱 그 말은 아니었지만 내가 그렇게 말했을 때
의사가 그걸 부인하지 않았다—

당신 몸에 무슨 짓을 했는지요, 그녀의 침묵이 말한다.
우리는 당신에게 몸을 줬는데, 당신이 당신 몸에 한 일을 보세요,
어떻게 당신 몸을 학대했는지.
담배만 얘기하는 게 아니라요, 그녀가 말한다,
잘못된 식습관과 술에 대해서도 말하는 거예요.

의사는 젊은 여성이다; 빳빳한 흰색 가운이 몸을 가려 준다.
머리는 뒤로 넘겨 묶었다, 여성적인 솜털이
검은 머리띠에 가려져 있다. 그녀는 여기서 편치 않다,

책상 뒤, 머리 위엔 졸업장이 있고,
세로로 나열된 숫자 목록을 읽으며,
일부는 신경 써서 봐야 한다.
곧게 편 척추는 어떤 감정도 보여 주지 않는다.

내 몸을 어떻게 돌봐야 하는지 아무도 가르쳐 주지 않았다.

우리는 대개 어머니나 할머니 보살핌 아래 자라지만.

그분들에게서 벗어나면, 아내가 이어받는다, 그런데 아내는 예민해서,

너무 멀리 가지는 않는다. 그래서 내가 가진 이 몸은

의사가 내 탓으로 돌리는 이 몸은—늘 여자들이 관리해 왔다,

그리고 내가 하는 말이지만, 여자들은 많은 걸 놓쳤다.

의사가 나를 바라본다—

우리 사이에는 책들, 폴더들 한 무더기.

우리만 빼고는, 진료실은 텅 비어 있다.

여기 작은 문이 하나 있는데, 저 문을 통과하면

죽은 자들의 나라다. 산 자들이 너를 밀어붙인다,

자기들보다 먼저, 네가 거길 먼저 가길 원한다.

의사는 이걸 안다. 의사는 자기 책들이 있고,

나는 내 담배가 있다. 마침내

의사가 종이 위에 무언가를 쓴다.

이건 혈압에 도움이 될 거예요, 그녀가 말한다.

나는 그걸 주머니에 넣는다, 간다는 신호다.
일단 밖에 나가면, 그걸 찢어 버린다, 저승으로 가는 차표처럼.

그녀가 여기 온 건 미친 일이었다,
아는 사람 하나 없는 곳.
그녀는 혼자다, 결혼반지가 없다.
그녀는 마을 외곽에 있는 자기 집으로 혼자 돌아간다.
그리고 하루에 한 잔의 와인을 마시고
저녁이랄 수 없는 저녁을 먹는다.

그녀는 하얀 코트를 벗는다:
코트와 몸 사이엔
면으로 된 얇은 천만 걸치고 있다.
어느 순간, 그것도 벗는다.

태어나기 위해, 몸은 죽음과 계약을 맺는다,
바로 그 순간부터, 몸은 온갖 힘으로 속임수를 쓴다―

너는 혼자 침대에 눕는다. 잠이 들지도 모르고, 깨어나지 않을
수도 있다.

하지만 오랫동안 모든 소리가 들린다.
여느 여름밤 같은 밤이다; 어둠이 오지 않는 밤이다.

박쥐

Bats

시각에는 두 종류가 있다:
사물을 보는 것, 이건 광학 과학에
속한다, 그리고
사물 너머를 보는 것, 이건
박탈에서 비롯된다. 어둠을 조롱하고, 모르는
세계는 거부하는 사람: 어둠이
장애물들로 가득하지만, 신호가 거의 없고
시야가 좁을 때도 강렬한 인식을
밤은 우리들 안에
네 생각보다 더 집중된 사고를 키워 냈다, 근본적일지라도.
인간은 자아, 눈에 갇힌 인간,
보이지 않는 길 하나, 눈 너머에 있다,
*비아 네거티브*라고
철학자들이 부르는 것: 빛을 위한 장소를 만들려고
신비주의자는 눈을 감는다―그가 추구하는
그런 빛은 사물들에 의존하는 생명체들을
파멸시킨다.

불타는 나뭇잎

Burning Leaves

불길이 맑은 하늘로 타오른다,
간절하고 격렬하다, 자유를 얻으려는 동물처럼,
자연이 의도한 대로 거칠게 달린다.

불길이 이렇게 타오를 때,
나뭇잎으론 충분치 않다—불은
욕심 많고, 탐욕스러워,

통제되는 걸, 한계를 받아들이는 걸 마다한다—

불 주변에 돌무더기가 쌓여 있다.
돌무더기 너머로, 땅은 깨끗하게 긁혀, 벌거벗었다—

마침내 나뭇잎들 사라지고, 연료도 다 탔다,
마지막 불꽃은 위로 옆으로 탄다—

돌과 회색 흙이 만드는 동심원 고리가
불꽃 몇 개를 휘휘 돌고;
농부는 이것들을 장화로 밟는다.

이게 효과가 있으리라곤 믿기지 않는다—
이런 불로는 안 돼, 저 마지막 불꽃들
미완성으로, 결국엔 모든 걸 얻을 것을
믿으며 아직도 저항하는,

그들은 패배한 게 아니라
단지 휴면 상태이거나 쉬고 있을 뿐이라서, 그들이
삶을 보여 주는지 죽음을 보여 주는지 아무도 모른다.

삼월

March

빛은 하늘에 더 오래 머무른다, 하지만, 차가운 빛이다,
빛은 겨울에서 아무 위안을 가져다주지 않는다.

이웃집 여자가 개에게 말을 걸면서
창밖을 내다보고 있다. 개는 정원 냄새를 맡으며,
죽은 꽃들에 대해 결정을 내리려고 한다.

이 모든 걸 하기엔 조금 이른 감이 있다.
아직 모든 게 매우 헐벗어 있어서—
그럼에도 불구하고, 오늘은 어제와 뭔가 달라.

산이 보인다. 산봉우리는 얼음이 빛을 받아 반짝인다.
하지만 산 옆 자락은 눈이 녹아 바위가 드러나 있다.

이웃 여자가 개를 부른다, 알아듣기 힘든 개 같은 소리를 내며.
개는 얌전하다; 그녀가 부르면 개는 고개를 들지만,
하지만 움직이지는 않는다. 그래도 그녀는 계속 부른다,
여자의 실패한 짖는 소리가 서서히 인간의 목소리로 퇴화한다.

평생 바닷가에서 사는 걸 꿈꾸었는데,

운명은 그녀를 그곳으로 보내지 않았다.

운명은 그녀의 꿈을 비웃었고;

그녀를 언덕에다 가두어 버렸다, 거기선 아무도 탈출할 수 없다.

태양은 대지에 따갑게 내리쬐고, 대지는 번성한다.

매년 겨울이 되면, 땅 밑의 바위가 높이, 더 높이

솟아오르고, 땅은 바위가 된다, 차갑게 거부하는 바위가.

그녀는 희망이 부모님을 죽였다고, 희망이 조부모님을 죽였다고
말한다.

희망은 매년 봄에 밀과 함께 솟아올랐다가

여름의 더위와 맵찬 추위 사이에서 죽었다.

결국 그것들은 그녀에게 바다 근처에서 살라고 했다,

그러면 뭐라도 달라질 것처럼.

늦은 봄이 되면 그녀는 말이 많아지겠지만, 지금은 두 단어로 줄
어들어 있다,

안 돼, 그리고 *그것만*, 삶이 그녀를 속였다는 느낌을 표현할 단어
들.

갈매기 울음소리는 들리지 않고, 다만, 여름에, 귀뚜라미와 매미

소리만.
　또 그녀가 오직 바다 냄새와 사라짐의 냄새를
　원할 때에도 들판의 냄새만 있었다.

　해가 가라앉으면서, 들판 위 하늘이
　희뿌연 분홍빛으로 바뀐다. 구름은 자홍과 진홍의 비단실이다.

　그리고 사방에서 땅이 가만히 있지 않고 바스락거린다.
　개는 이 흔들림을 감지하고; 귀를 쫑긋 세운다.

　왔다 갔다 하면서, 그는 어렴풋이 기억한다
　예전에도 이런 기쁨 있었다고. 발견의 계절이
　시작되고 있다. 늘 같은 발견이지만, 개에게는,
　홀릴 듯 신기하고 새롭다, 속는 건 아니다.

　나는 이웃 여자에게 말한다, 기억을 잃어버리면
　우리도 이렇게 될 거라고. 바다를 본 적 있냐고 물었더니
　영화에서 딱 한 번 봤다고 한다.
　슬픈 이야기였는데 아무것도 잘 풀리지 않았다고.
　연인들이 헤어진다. 바다가 해안을 두드리고, 파도가 남긴 흔적은

다음 파도에 의해 지워진다.
한 파도가 다른 파도 위에 쌓으려 애써도 아무 것도 쌓이지 않는다,
피난처도 바랄 수 없다—

바다는 대지가 변해도 변하지 않는다;
바다는 거짓말을 하지 않는다.
바다에게 무엇을 약속할 수 있냐고 물으면
바다는 진실을 말한다; 바다는 말한다 *지워짐*.

마침내 개가 들어간다.
우리는 초승달을 본다,
처음에는 아주 희미하다가, 밤이 깊어질수록
점점 더 선명해진다.
곧 이른 봄 하늘, 고집스런 고사리와 제비꽃 위로 펼쳐지는 하늘
이 될 거다.

어떤 것도 살도록 강요될 수는 없다.
대지는 이제, 마약처럼, 멀리서 들려오는 어떤 목소리처럼,
연인이나 주인이 된다. 결국, 너는 그 목소리가 시키는 대로 한다.
잊으라고 하면, 잊는다.

다시 시작하라고 하면, 다시 시작한다.

봄밤

A Night in Spring

그들은 그녀가 엄마의 구멍에서 나왔다고 했지만
하지만 그건 정말 믿기 어려워
그처럼 연약한 것이 그처럼 뚱뚱한 것에서
나올 수 있다는 것이—엄마는 벌거벗으면
돼지 같아. 그녀는 자기한테 말하는 아이들이
자기가 아무 것도 모르는 걸 놀리고 있다고 생각하고 싶다;
그녀가 이런 걸 잘 아는 시골 출신이 아니라서
아이들은 그녀한테 뭐든 말해도 된다고 생각한다.

그녀는 그 주제가 끝나길, 그만 죽기를 원한다. 엄마 몸속
이런 공간을 그려 보는 건 너무 괴롭다,
처음에 인간들을 숨겨놓고선
이따금씩 풀어 줘서 세상에 떨구는데,

계속 약을 먹이고, 침대에 딱 붙어 있을 때와
똑같은 감정들, 이런 고독감, 이런 고요,
유일무이한 존재라는 이런 느낌을 부추긴다—

아마도 어머니는 아직도 이런 느낌이 있을 것이다.
엄마가 두 사람 사이에 커다란 차이들을

절대로 보지 않는 이유가 바로 이거다

어느 한 시점에서 그들은 같은 사람*이었으니까*—

그녀는 거울로 자기 얼굴을 본다, 살집 속에
파묻힌 그 작은 코, 동시에 그녀는
아이들 웃음소리를 듣는다, 그건 얼굴에서
시작되는 게 아니야, 멍청아,
그것은 몸에서 시작된다고—

밤에 침대에서 그녀는 이불을 가능한 한 높이 끌어
당긴다, 목까지—

그녀는 이걸 찾았다, 자아라는 것,
그리고 그걸 소중히 여기게 되었다,
이제 그것은 육신으로 꾸려져서 사라질 것이다—

그녀는 어머니가 자신에게 이걸 했다고, 이런 일이 일어나도록
했다고 느낀다.
왜냐하면 그녀가 마음으로 무엇을 하려고 하든,

그녀의 몸은 거부할 것이기에,
  몸의 안주함이, 몸의 최종성이 그녀 마음을 보이지 않게 할 것이
고,
  아무도 볼 수 없을 것이다—

  아주 조심스레, 그녀는 시트를 옆으로 밀어낸다.
  그 아래, 그녀 몸이 있다, 여전히 아름답고 새것 같다
  아무 흔적 없다. 그리고 그 몸은 여전히
  그녀의 마음과 똑같아 보인다, 너무나 일관되어
  거의 투명해 보인다,

  그리고 다시 한 번
  그녀는 그것과 사랑에 빠지고 그걸 지키겠다 맹세한다.

수확

Harvest

시장에는 가을이 왔다—
토마토를 사는 것은 더 이상 현명하지 않다.
토마토는 겉은 여전히 아름답다,
완벽하게 둥글고, 붉다, 희귀한 품종은
모양이 이상하다, 빨간 기름종이 덮인 사람의 뇌처럼 기형적이다.

속을 들여다보면, 토마토는 없다. 검고, 곰팡이가 슬었다—
불안감 없이는 한 입도 먹을 수 없다.
여기저기, 얼룩 있는 과일들 사이에서, 어떤 과일은
아직 완벽하다, 부패가 시작되기 전에 땄기에.

토마토 대신에, 아무도 진정으로 원하지 않는 작물들.
호박들, 아주 많은 호박들.
조롱박, 말린 고추 끈, 땋아 내린 마늘들.
솜씨 좋은 이들은 죽은 꽃들을 엮어 화환을 만든다;
말린 라벤더에 색실 조각을 묶어 화환을 만든다.
그리고 사람들은 한동안 이런 것들을 사러 간다
마치 농부들이 모든 것을 정상으로
돌려놓을 것처럼 생각하는 것 같다:
덩굴에서 다시 새 완두콩이 열리고;

자그마한 첫 상추가, 그토록 연약하고 그토록 섬세한 상추가,
흙을 뚫고 나오기 시작할 거다.

대신, 날이 일찍 어두워진다.
그리고 비는 더 무거워진다; 비는
낙엽의 무게를 지고 있다.

이제, 저물녘이다, 위협과 불길한 기운이 감돌기 시작한다.
사람들은 이걸 스스로 느껴; 계절에 이름을 붙인다,
수확, 이런 것들에 더 나은 얼굴을 입히려고.

조롱박은 땅에서 썩어 가고 있고, 달콤한 청포도들도 끝이 났다.
뿌리 몇 남았지만, 땅이 너무 딱딱해서, 농부들은
파낼 가치가 없다 생각한다. 무얼 위해서?
빗속에서, 추위 속에서, 얇은 우산 아래 시장에서 서 있으려고,
손님도 없는데?

그리고 서리가 내린다; 수확에 대한 질문은 그만.
눈이 내린다; 생명의 가식도 끝이 난다.
이제 대지는 하얗다; 달이 떠오르면 들판은 빛이 난다.

침실 창가에 앉아서 나는 내리는 눈을 바라본다.
지구는 거울과 같다:
평온은 평온을 만나고, 무심은 무심을 만난다.

살아 있는 것은, 땅 밑에서 산다.
죽는 것은, 몸부림 없이 죽는다.

고백

Confession

그는 가끔 훔친다, 그들은 자기 나무가 없고 그는 과일을 좋아하니.
정확히 말하면 훔치는 건 아니다—
그는 동물인 척 한다; 동물들이 먹는 것처럼 그는
땅을 파 먹는다. 신부님에게 그는 이런 걸 이야기한다,
  그냥 놔두면 썩어 버릴 과일을 가지고 오는 건 죄라고 생각하지
않는다고,
  올해도 다른 해와 마찬가지로.

인간으로서, 한 인간으로서, 신부님은 소년의 말에 동의한다,
하지만 사제로서 그는 소년을 훈계하고 보속을 내린다,
참회는 가볍지만, 상상력을 죽이지 않도록: 자기 것 아닌 것을
가져간 훨씬 어린 소년에게 그가 주는 것이다.

하지만 소년은 이의를 제기한다. 신부님을 좋아하기 때문에
참회를 기꺼이 하려 하지만, 소년은 예수님이 이 무화과 나무를
이 여자에게 주셨다는 건 믿지 않는다; 소년은 알고 싶어 한다
예수님이 부동산으로 번 그 많은 돈으로 뭘 하는지를,
이 마을뿐만 아니라 나라 전체에서 말이다.

어느 부분은 농담이지만 어느 부분은 진심이라

신부님은 짜증이 난다―이 소년을 감당할 수가 없다,

그는 설명할 수가 없다, 예수님이 재산을 다루지 않으시지만

여자가 무화과를 절대로 따먹지 않아도 무화과나무는 여전히 여

자 것이라고.

아마도 어느 날엔가는, 소년의 격려로,

여자는 성녀가 되어, 무화과나무와 커다란 집을 낯선 이들과 나

누게 될 것이다,

하지만 지금은 조상들이 이 집을 지은 한 인간일 뿐이다.

신부님은 대화 주제가 자기를 불편하게 만드는 돈에서

벗어난 게 기쁘다, 그래서 *가족*이나 *전통* 같은 단어로 돌아간다,

이런 것들이 더 안정감을 준다. 소년은 그를 빤히 바라본다―

소년은 자신이 늙고 정신없는 할머니를 어떻게 이용했는지 완벽

하게 잘 안다.

신부에게 감동을 주고, 잘 보이려고 했던 방법들. 하지만 그는 지

금부터 시작되려는

그런 연설이 너무너무 싫다;

그는 자신의 일탈로 신부님을 조롱하고 싶다; 그가 가족을 그렇

게나 사랑한다면,

왜 신부님은 부모님처럼 결혼하지 않고, 자기가 온 길을 계속 하지.

하지만 그는 침묵한다. 더 이상의 질문은 없을 것이며
따지려는 시도도 없을 것을 뜻하는 말들―그런 말들이 나왔다
"신부님, 감사합니다," 그가 말한다.

결혼

Marriage

이번 주 내내 그들은 다시 바다에 있었다,
바다 소리는 모든 것을 물들인다.
푸른 하늘이 창을 가득 채운다.
하지만 유일한 소리는 해안을 두드리는 파도 소리다—
화가 나서. 무언가에 화가 났다. 그게 무엇이든
그가 그녀를 외면한 이유일 게다. 화가 났지만, 그는 그녀를 때리
지도 않고,
아마 한 마디도 하지 않을 것이다.

그러니 그녀는 다른 방법으로 답을 얻어야 한다,
바다에서, 아니면, 갑자기 떠오르는 회색 구름들에서.
바다 냄새가 시트에 배어 있다,
해와 바람 냄새, 호텔 냄새,
매일 바뀌기에 신선하고 달콤하다.

그는 절대 말을 안 한다. 말은, 그에게는, 약속을 잡을 때나
비즈니스를 위한 거다. 화나 부드러움은 절대로 말로 표현 안 한다.

그녀는 그의 등을 쓰다듬는다. 자기 얼굴을 그 등에 댄다,
그건 마치 벽에 얼굴을 대는 것 같지만 말이다.

그들 사이의 침묵은 고대의 것이다: 침묵은 말한다,
이게 경계라고.

그는 자고 있지 않다, 자는 척도 않는다.
호흡이 불규칙적이다: 마지못해 숨을 들이쉬고 있다;
그는 살아 있음에 자기를 바치고 싶지 않다.
그래서 빠르게 숨을 뱉는다, 신하를 추방하는 왕처럼.

침묵 아래, 바다 소리,
끝나지 않고, 끝나지 않고, 사방으로 퍼지는 바다의 폭력,
그의 숨결은 파도를 몰아가고—

하지만 그녀는 안다 자기가 누구인지, 무얼 원하는지.
그게 진실인 한, 그처럼 자연스러운 것은 그녀를 해칠 수 없다.

프리마베라

Primavera

봄은 빨리 온다: 하룻밤 사이에
매화나무가 꽃을 피우고,
따뜻한 공기가 새소리로 가득 찼다.

갈아 엎은 흙에, 누군가 해 그림을 그렸다
광선이 사방으로 뿜어져 나온다
하지만 배경이 흙이라서, 해는 검다.
서명이 없다.

아아, 곧 모든 것이 사라질 거다:
새소리, 섬세한 꽃들. 결국,
지구 자체도 예술가의 이름을 따라 망각으로 들어갈 거다.

그럼에도 불구하고, 예술가는
축하 분위기를 내려 한다.

피어난 꽃이 얼마나 아름다운지―생명의 회복력의 상징들.
새들이 열심히 다가온다.

무화과

Figs

어머니가 와인 무화과를 만들었다—
정향과 후추 약간을 넣어 데쳤다.
우리 나무에서 딴 검은 무화과.
와인은 붉었고, 후추는 시럽에 연기 맛을 남겼다.
나는 딴 나라에 온 것 같은 기분이 들곤 했다.

그 전에는, 닭고기가 있었다.
가을엔 가끔 야생 버섯이 가득했다.
시간이 적절히 있는 건 아니었다.
비가 온 직후 날씨가 좋아야 했다.
가끔은 레몬 넣은 닭고기만 먹기도 했다.

어머니가 와인을 따곤 했다. 특별한 건 아니었다—
이웃집에서 얻은 와인.
그 맛이 그립다—지금 사 먹는 와인은 그런 좋은 향이 안 난다.

나는 남편을 위해 이런 걸 만든다,
그런데 남편이 그걸 좋아하지 않는다.
남편은 자기 어머니의 요리를 원하지만, 나는 잘 못 만든다.
시도하다 보면, 화만 난다—

남편은 나를 원래의 나와 다른 사람으로 만들려 한다.
그는 그게 간단한 일이라고 생각하다—
닭 한 마리를 토막 내어, 토마토 몇 개를 팬에 던져 넣으면 돼.
마늘이 있으면 마늘도 넣어.
한 시간 후, 천국에 있게 될 거야.

남편은 배우는 건 내 일이라 생각한다, 그의 일이 아니라
그의 일은 나를 가르치는 것. 엄마가 하신 요리, 나는 배울 필요
가 없다.
내 손이 이미 안다, 숙제를 하는 동안에
정향 냄새만 맡아도.
내 차례가 되었을 때, 내가 옳았다. 나는 정말 알고 있었다.
그것들 처음 맛보던 때, 내 어린 시절이 되돌아왔다.

우리가 젊었을 때는, 상황이 달랐다.
남편과 나—우리는 사랑에 빠져 있었다. 우리가 원했던 건
서로를 만지는 것이었다.

남편은 피곤에 절어 집에 돌아온다.
모든 게 힘들다—돈 버는 것도 힘들고, 몸의 변화를 지켜보는 것도

힘들다. 젊을 때는, 이런 문제들 감당할 수 있다—
한동안은 힘들지만, 자신감이 있으니.
잘 안되면, 다른 일을 하면 되니.

그는 여름을 제일 불편해한다—햇볕이 그를 괴롭힌다.
여기서 햇살은 무자비하고, 세상이 늙어 가는 느낌을 준다.
잔디는 마르고, 정원은 잡초와 민달팽이로 가득하다.

한때는 여름이 우리에게 최고의 시간이었다.
남편이 퇴근하고 집에 돌아오면 우리는 빛의 시간을
어둠의 시간으로 바꾸곤 했다.
모든 것이 커다란 비밀이었다—
심지어 매일 밤 우리가 나눈 대화도.

그리고 천천히 해가 지고;
우리는 도시의 불빛들 켜지는 걸 보곤 했다.
밤은 별들로 반짝반짝 빛났고—별들은
높은 빌딩 위로 반짝였다.

가끔 촛불을 켜기도 했다.

하지만 대부분의 밤은, 아니었다. 대부분의 밤 우리는 어둠 속에
누워 있었다,
　서로를 안은 채로.

　하지만 빛을 조절할 수 있다는 느낌이 있었다—
　근사한 느낌이었다; 방 전체를 다시 밝게 만들 수도 있고,
　자동차 소리를 들으며 밤의 공기 속에
　누워 있을 수도 있었다.

　잠시 후 우리는 조용해졌다. 밤도 조용해지곤 했다.
　하지만 우리는 잠들지 않았다, 의식을 포기하고 싶지 않았다.
　우리는 밤이 우리를 데려가도록 허락했다;
　간섭 않고, 거기 누워 있었다. 한 시간 한 시간, 각자
　서로의 숨소리를 들으며, 침대 끄트머리
　창문에서 빛이 변하는 걸 지켜보며—

　그 창문에서 무슨 일이 일어나든,
　우리는 그와 보기 좋게 조화로웠다.

춤추는 밤

At the Dance

일 년에 두 번 우리는 크리스마스 조명을 걸었다—
주님 탄생을 기념하는 크리스마스와, 8월 말
추수를 축복할 때—
완전히 끝난 건 아니고 거의 끝날 때
그러면 모두가 보러 오곤 했다,
심지어 걷기 힘든 노인들도—

그들은 형형색색의 불빛을 보았다,
여름에는 언제나 음악도 있었다—
음악과 춤.

젊은이들에겐, 그게 전부였다.
여러분의 삶은 여기서 만들어졌다—별 아래서 끝난 것이
광장 불빛 속에서 시작되었다.
자욱한 담배 연기, 여자들은 색색의 천막 아래 모여
그해 유행하던 노래는 뭐든 같이 따라 불렀다,
뺨은 햇볕에 그을고 와인에 취해 발개졌다.

모든 게 다 기억난다—내 친구들과 내가, 음악으로 어떻게 변했
는지,

그리고 여자들도, 소심한 이들이 다른 사람들과 함께
얼마나 대담했는지도 기억난다―

어떤 마법이 우리한테 걸렸던 거다, 그런데 그건 병이기도 했다,
남녀가 거의 우연히, 되는대로 서로를 선택하고,
조명은 반짝거리며, 잘못된 길로 이끈다,
그때는 무슨 짓을 하든 영원히 하는 거였으니―

그게 그 당시에는
정말이지 그냥 게임 같아 보였다― 가볍고, 캐주얼한,
여자 가슴 사이 향수처럼, 연기처럼 사라지는 것,
눈감고 있으니 강렬하다.

이런 것들이 어떻게 결정되었지?
냄새로, 느낌으로―남자가 여자에게 다가가,
춤을 추자고 하고, 그 의미는
내가 당신을 만지게 해달라는 것, 그러면 여자는 많은 걸
말할 수 있었다, 나중에 물어보세요, 아님 다시 물어보세요, 라
고 할 수도.
아님 안 돼요 하면서 거절하고 돌아설 수도,

마치 당신 외에 어떤 것도 일어나지 않은 것처럼,

아직도 충분하지 않은 것처럼, 혹은 네, 라고 말할 수도 있다, 춤
추고 싶네요,

그 말은, 네, 나를 만져도 좋아요, 라는 뜻이었다.

고독

Solitude

오늘은 매우 어둡다; 빗속에서,
산은 보이지 않는다. 유일한 소리는
비, 생명을 땅속으로 몰고 간다.
비와 함께 추위도 온다.
오늘 밤 달도 없고, 별도 없을 것이다.

밤에는 바람이 일어났다;
아침 내내 바람은 밀밭을 후려쳤다—
정오에 바람이 잦아들었다. 하지만 폭풍은 계속됐고
마른 들판을 적시고, 그런 다음 홍수가 왔다—

땅이 사라졌다.
아무것도 보이지 않고,
어두운 창문에 반짝이는 빗줄기뿐이다.
이곳은 휴식처다, 아무것도 움직이지 않는다—

이제 우리는 원래의 모습으로 돌아간다,
언어도 시력도 없이
어둠 속에 사는 동물들로—

내가 살아 있다는 증거는 하나도 없다.
오직 비만 있고, 비는 끝이 없다.

지렁이

Earthworm

인간이 아닌 건 슬프지 않다

땅속에서만 살아가는 것이

욕되거나 허무하지도 않다: 자기 탁월함을

방어하는 것은 마음의 본성이라, 깊이를 두려워하는 게

표면을 걷는 이들의 본성인 것처럼—

위치가 곧 감정을 결정하는 법. 하지만

제일 위를 걷는다고 해서 군림하는 건 아니다—

오히려 그 반대다, 즉 위장된 의존이다,

그런 식으로 노예는 주인을 완성한다. 마찬가지로

마음은 자신이 통제할 수 없는 것을 멸시한다,

결국엔 그걸 파괴하게 된다. 언어 없이 혹은 시력도 없이

되돌아가는 것은 고통스럽지 않다: 만약에, 불교도들처럼,

자아의 목록을

남기지 않으려고 하면, 그건 마음이 상상 못 하는

어떤 공간에 나타난다, 은유가 아니라,

온전히 물질적인 채로. 너의 말은 무엇인가? *무한*, 즉

가늠할 수 없다는 뜻이다.

올리브 나무

Olive Trees

벽돌 건물이라, 여름에는 벽이 따뜻하다.
여름이 가도, 벽은 여전히 따뜻하다,
특히 남쪽 벽은—거기선 벽돌에서 해를 느낄 수 있다,
벽에 해가 도장을 찍으려는 것 같다, 산으로 가는 길 위에서
그냥 스쳐 가지 않고. 나는 여기서 휴식을 취한다, 벽에 기대어
담배를 피운다.

사장님들은 신경 안 써요—사업이 실패하면, 벽면만 빌릴 거라고
농담도 하지요. 큰 농담이라—모두가 큰 소리로 웃는다,
하지만 음식은 먹을 수 없다—여기 음식 찌끼를 찾아다니는 쥐
가 있는 건 싫다.

어떤 사람들은 따뜻한 벽돌에서 등짝에 햇살에 느끼며, 따뜻하
게 있는 거에 대해선 신경 안 쓴다. 그들은 어디가 전망이 좋은지를
알고 싶다.
내가 무얼 보는지가 내겐 중요하지 않다. 나는 저 언덕에서 자랐다;
나는 거기에 묻힐 것이다. 그 사이에 내가 몰래 눈길 줄 필요는
없다.
아내는 내가 이 비슷한 말을 하면, 입이 점점 쓰다고 말한다.
아내는 이 마을을 사랑하고— 매일 어머니를 그리워한다.

아내는 젊은 날을 그리워한다―거기서 우리가 어떻게 만나 사랑에 빠졌는지.

우리 아이들이 거기서 어떻게 태어났는지. 다시는 돌아갈 수 없다는 걸 알지만,

그녀는 계속 희망한다―

밤에 침대에 누우면 그녀 눈이 스르르 감긴다. 그녀는 그 올리브 나무들에 대해 이야기한다,

햇살에 반짝이는 긴 은빛 잎사귀들에 대해서.

또 나무껍질도, 나무들도, 나긋나긋하다, 나무 뒤에 있는 바위처럼 연회색이다.

아내는 올리브 따던 일도 기억한다, 최고의 소금물에 저장했지.

식초 냄새가 나는 그녀의 손도 기억난다.

그리고 올리브의 쌉싸름한 맛도, 나무에서 갓 딴 올리브는 먹으면 안 된다는 걸 알기 전이었다.

그래서 난 아내에게 그걸 고칠 이들이 없으면 아무 쓸모없다는 걸 상기시켜 주었다.

소금물에 담그고 햇볕에 널어놓아―

그리고 나는 아내에게 말한다, 모든 자연이 나한테는 그와 비슷하다고, 쓸모없고 쓰다고.
마치 덫과 같다—올리브 이파리 때문에 너는 덫에 빠진다,
올리브 이파리가 아름다워서 말이다.

너는 언덕을, 언덕 뒤로 해가 어떻게 지는지를 바라보며 자란다.
그리고 흔들흔들, 반짝이는 올리브 나무들도. 그리고 깨닫는다,
빨리 벗어나지 않으면
죽을 거라는 걸, 마치 이 아름다움에 재갈 물려 숨을 쉬지 못하는 것처럼—

아내에게 나는 말한다, 우리가 여기 갇혀 있다는 걸 내가 알고 있다고. 하지만
태양과 언덕에 갇혀 있는 것보다는
점잖은 이들에게 갇히는 게 낫다, 심지어 식당도 다시 만들어 주는 사람들에게.
여기서 불평하면, 내 목소리가 들린다—누군가의 목소리가 들린다. 다툼이 있고, 분노가 있다.
하지만 사람들은 아내와 내가 이야기하는 것처럼 서로 이야기한다.

서로 동의하지 않을 때에도, 한쪽이 말하는 척만 할 때도 이야기를 한다.

다른 삶에서, 너의 절망은 침묵으로 바뀐다.
해가 서쪽 산들 뒤로 사라지고—
해가 다시 돌아와도, 네 고통에 대한 언급은 없다.
그래서 네 목소리도 잦아든다. 태양뿐만 아니라,
인간과 함께 하려는 노력도 멈춘다. 너를 행복하게 한 작은 일들이
더 이상은 네게 닿지 않는다.

여기서 일이 힘들다는 거 안다. 그리고 주인들이—가끔 거짓말을 한다는 것도.
하지만 삶을 망치는 진실이 있고; 같은 식으로, 어떤 거짓말은
벽돌 벽에 비치는 태양처럼 넉넉하고 따뜻하고 아늑하다.

따라서 네가 벽을 생각할 때, *감옥*을 생각하지는 않는다.
오히려 정반대로—너는 여기 있으면서 네가 도망친 모든 것에 대해 생각한다.
그러다 아내는 그 밤을 포기하고, 등을 돌린다.
어떤 밤에는 조금 운다.

그녀의 유일한 무기는 진실이었다—사실이지, 언덕은 아름다우니.
그리고 올리브 나무들은 정말로 은빛으로 빛난다.

하지만 거짓을 받아들이고 그 거짓으로부터 지지를 받는 사람,
거짓이 따뜻하고, 잠시 동안은 기분 좋으니까—
그런 사람을 그녀는 절대로 이해 못 할 것이다, 아무리 사랑한다
해도.

일출

Sunrise

이맘때 창가 화분에는 언덕 향기가 가득하다,
거기서 자란 백리향과 로즈마리 내음,
바위 사이 좁은 틈에 끼워진 것들과
그리고 더 아래쪽엔 진짜 흙이 있는 데서,
다른 것들, 블루베리, 건포도와 경쟁한다,
벌들이 좋아하는 작은 관목 나무들이다―
우리가 먹는 것은 다 언덕 내음이 났다,
거의 아무것도 없을 때조차도.
아니면 백리향과 로즈마리처럼 아무 맛도 안 나는 것일지도.

어쩌면, 그래, 무엇처럼 보이는 것일 수도 있다―
언덕처럼, 수목 한계선 위의 바위처럼, 아름답다
달콤한 냄새 나는 허브가 가득하다,
이슬에 반짝이는 작은 식물들―

그곳에 올라가 새벽을 기다리는 건 큰 행사였다,
해가 바위 뒤에서 미끄러져 나올 때, 해가 보는 것을 보면서,
네가 볼 수 없는 것은, 상상을 했다;

네 눈은 가능한 한 멀리, 강까지 가곤 했다, 일테면,

그리고 나머지는 네 마음이 해낼 거였다—

하루를 놓치면, 항상 다음 날이 있었고,
일 년을 놓쳐도, 괜찮았다,
언덕은 아무 데도 가지 않았고,
백리향과 로즈마리는 계속 돌아왔고,
해는 계속 뜨고, 덤불은 계속 열매를 맺었다—

가로등이 꺼져 있다; 여기는 새벽이다.
가로등이 켜져 있다: 그건 황혼이다.
어느 쪽이든, 아무도 위를 안 본다. 모두 앞으로 나간다,
과거의 냄새가 사방에 가득하고,
옷에 스치는 타임과 로즈마리 향,
너무 많은 환상의 내음—

나는 돌아갔지만 머무르지 않았다.
내가 아끼던 이들은 다 사라졌다,
일부는 죽었고, 일부는 존재하지 않는 곳으로 사라졌다,
우리가 언덕 꼭대기에서 보았기에 우리가 꿈꿨던 사람들—
들판이 여전히 빛나고 있는지 봐야 했다,

태양은 세상이 얼마나 아름다운지 똑같은 거짓말을 하고

어떤 장소에 대해 네가 알아야 할 것은 거기 사람이 사는가 하는 것뿐.

사람이 살고 있다면, 모든 것을 알 수 있다.

사람들 사이로, 언덕들과 하늘이 모든 공간을 차지했다.

남은 게 뭐든, 한동안은 우리 것이었다.

하지만 조만간 언덕들이 그걸 다시 가져가서 동물들에게 줄 것이다.

그리고 달이 바다를 그곳으로 보낼 것이다

우리가 한때 살던 곳은 산기슭 시냇물이나 강이 될 것이다,

반사되는 찬사를 하늘에 지불하면서—

여름에는 파랗다. 눈이 내리면 하얗다.

따뜻한 날

A Warm Day

오늘은 해가 쨍쨍해서
옆집 사람이 강에서 잠옷을 빨았다—
그녀는 바구니에 모든 걸 접어서 집으로 돌아온다,
자기 인생이 10년이나 더 길어진 것처럼
그녀는 환하다. 청결함이 그녀를 행복하게 한다—
청결하면 너는 다시 시작할 수 있다,
과거의 실수가 네 발목을 잡을 필요는 없다.

좋은 이웃—우리는 서로의 사생활을
서로에게 맡긴다. 지금은,
그녀, 젖은 빨래를 빨랫줄에 널면서 혼자 노래를 한다.

차츰차츰, 이런 날들이
정상으로 보일 것이다. 하지만 겨울은 힘들었다:
밤은 일찍 찾아오고, 새벽은 어둡다
회색 비가 끝도 없다—그렇게 몇 달,
그리고 눈이 하늘에서 침묵처럼 내린다,
나무들과 정원을 지워 버린다.

오늘, 그 모든 것들이 지나갔다.

새들이 돌아와, 씨앗을 두고 재잘거린다.
눈이 다 녹고; 과일나무에는 솜털 같은 새순이 돋아나고 있다.
몇몇 연인은 목초지를 걸으며 서로 약속을 하기도 한다.

우리는 햇볕 아래 서 있고 햇볕은 우리를 치유한다.
해는 서둘러 사라지지 않는다. 움직임 없이 우리 위에 머물러 있다,
환영받아 기분 좋은 어떤 배우처럼.

옆집 사람은 잠시 조용하다,
산을 바라보면서, 새소리를 듣고 있다.

옷이 이렇게 많은데, 다 어디서 온 걸까?
옆집 사람은 아직도 밖에서
바구니가 절대 비지 않을 것처럼 옷을 줄에 고정하고 있다.

아직 가득하고, 아무것도 끝나지 않았다,
막 해가 하늘에서 더 낮아지기 시작했지만;
아직 여름이 아니라 봄의 시작일 뿐이라는 것을 기억하며;
온기는 아직 자리잡지 않았고, 추위가 돌아오고 있다—
그녀는 그걸 느낀다, 마치 손에 쥔 마지막 린넨 조각이 얼어붙은

것처럼.

그녀는 자기 손을 바라본다—얼마나 늙었는지. 그건 시작이 아니다, 그건 끝이다.

어른들은, 이제, 다 죽었다.

아이들만 남았다, 홀로 늙어 가고 있다.

불타는 이파리

Burning Leaves

낙엽은 금방 불이 붙는다.
순식간에 타 버린다; 순식간에,
낙엽들은 뭔가 중요한 것에서 아무것도 아닌 것으로 변한다.

한낮. 하늘은 차갑고 파랗다;
불 아래는 회색 땅이다.

모든 게 얼마나 빨리 지나는지, 연기가 얼마나 빨리 걷히는지.
그리고 나뭇잎 더미가 있던 곳에는,
갑자기 거대하게 느껴지는 공허가.

길 건너편에서, 한 소년이 지켜보고 있다.
소년은 제법 오래 낙엽 타는 걸 지켜본다.
아마 이게 바로 지구가 죽으면 그걸 알게 되는 방법—
불타오를 것이다.

교차로

Crossroads

나의 몸, 이제 우리 더는 함께 여행하지 않을 것이니
 나 당신에 대해 새로운 애정 느끼기 시작한다, 너무 낯선, 날 것
의 느낌,
 사랑에 대해서 어렸을 때 기억하는 그런 것처럼―

목적에 있어서는 가끔 어리석었던 사랑
하지만 그 선택과 강렬함에서는 절대 그렇지 않았지.
너무 많은 걸 미리 요구했지, 약속할 수 없는 걸 너무 많이.

내 영혼은 너무 겁이 났고, 너무 격렬했지:
그 잔혹을 용서하소서.
마치 영혼이라도 되는 양, 내 손이 조심스레 당신 위로 움직인다,

화나게 하고 싶지는 않은데,
하지만, 마침내, 실체로 표현되기를 간절히 원하네:

내가 그리워할 것은 대지가 아니다,
내가 그리워할 것은 바로 당신.

박쥐 —엘렌 핀스키를 위해

Bats —for Ellen Pinsky

죽음에 관해서라면 이런 관찰이 가능하다,
말할 권한이 있는 이들은 대개 침묵을 지킨다고:
다른 이들은 강단이나 중앙 무대로
어떻게든 나아가려 한다—경험은
늘 이론보다 선호되기에, 그들은
진정한 예지력도 갖고 있지 않고, 확신은
통찰의 공통된 면도는 아니다. 밤하늘을 올려다보라:
감각을 통해 머리를 식히는 것이 삶의 본질이라면
지금 보이는 건 죽음의 시뮬레이션으로 보인다, 박쥐들
어둠 속에서 회전하고—하지만 인간은 죽음에 대해
아무것도 모른다. 만약 우리의 행동이 당신의 느낌이라면,
이건 죽음이 아니다, 이건 삶의 모습에 더 가깝다.
너 또한 눈이 멀었다. 너 또한 어둠 속에서 허우적거린다.
필멸을 마주하는 모든 존재를 끔찍한 고독이
둘러싸고 있다. 마굴리스가 말하듯: 죽음은
우리 모두를 겁박하여 침묵 속에 몰아넣는다.

풍요

Abundance

여름 저녁 시원한 바람 불어 밀을 휘젓는다.
밀이 고갤 숙이고, 곧 밤이 되면
복숭아나무 이파리들이 바스락거린다.

어둠 속에서 한 소년이 들판을 건너고 있다:
소년은 처음으로 여자애를 만져 보았다
이제 그는 남자가 되어, 남자의 갈망을 안고 집에 간다.

천천히 과일이 익는다—
한 나무에서 바구니, 바구니, 그득,
매년 몇 개는 썩고
몇 주 동안은 너무 많아진다:
그 전과 후엔, 아무것도 없다.

줄지어 선 밀 이랑 사이로
쥐들이 후다닥 땅을 가로질러 번쩍이는 걸
볼 수 있다, 그 위로 밀이 우뚝 솟아,
여름 바람이 불면 마구 요동친다.

만월(滿月)이다. 들판에서

이상한 소리가 난다―아마 바람일 게다.

하지만 쥐들에게는 여느 여름밤과 같은 밤.
과일과 곡물: 풍요의 시간.
아무도 죽지 않고, 아무도 굶지 않는다.

밀의 아우성 외엔 아무 소리도 없다.

한여름

Midsummer

이런 밤이면 우린 채석장에서 수영을 하곤 했다,
남자애들은 여자애들 옷 찢기 게임을 만들고
여자애들은 협조한다, 지난여름부터 새로운 몸이 생겨서다,
그 몸들을 보여 주고 싶어서, 용감한 여자애들은
높은 바위에서 뛰어내린다—물속으로 다투어 뛰어드는 몸들.

밤은 여전히 습하고 고요했다. 돌은 차갑고 축축했다,
묘지용 대리석, 우리가 한 번도 본 적이 없는 건물,
먼 도시의 건물에 쓰이는 대리석.

흐린 밤에는, 앞이 안 보였다. 그런 밤에는 바위가 위험했다,
하지만 다른 면에서 모든 게 다 위험했다, 그것은 우리가 추구하
던 것이었다.
여름이 시작되었다. 남자애들과 여자애들이 짝을 짓기 시작했고
끝에 가서는 늘 몇 명이 남았다—그 애들은 가끔 망을 보기도
했고,
가끔은 다른 애들처럼 같이 나가는 척 하기도 했다,
하지만 숲속에서 그 애들이 뭘 할 수 있었을까? 아무도 그들이
되고 싶진 않았다.
하지만 어느 날 밤 운명이 바뀐 듯 그들은 나타나곤 했다,

운명은 다른 운명이 될 것이었다.

하지만 그래도, 처음과 마지막에, 우리는 모두 함께였다.

저녁 일과가 끝나고, 더 어린 아이들이 잠자리에 들면

그러면 우리는 자유. 누구도 어떤 말도 하지 않았지만 우리는

우리가 만나게 될 밤과 만나지 못할 밤도 알고 있었다. 한두 번,
여름이 끝날 무렵,

그 모든 키스에서 아기가 태어나는 게 눈에 보이는 것 같았다.

그 둘에게는, 그건 끔찍했다, 혼자인 것만큼이나 끔찍했다.

게임은 끝났다. 우리는 바위에 앉아 담배를 피우며,

거기 없는 친구들을 걱정했다.

그리고는 마침내 들판을 지나 집으로 걸어갔다,

다음 날엔 항상 일이 있었으니.

그리고 다음날 우리는 다시 아이가 되어 현관 계단에 앉아

복숭아를 먹고 있었다, 그저 입이 있다는 것만으로도 영광인 듯
했다.

그런 다음 일하러 갔다, 밭에서 일손을 돕는 걸 의미했다.

한 소년은 할머니 밑에서, 선반 만드는 일을 했다.

그 집은 산이 생겨날 때 지어진, 말하자면 아주 낡은 집이었다.
그리고 날이 저물었다. 우리는 꿈을 꾸며 밤을 기다렸다.
해질녘 현관 앞에 서서, 그림자가 길어지는 걸 지켜보고 있었다.
부엌에선 더위를 불평하며 더위가 꺾이길 바라는 목소리가
항상 들렸다.

그러다 더위가 꺾였고, 밤이 맑아졌다.
그러면 너는 나중에 만나게 될 소년 또는 소녀를 생각했다.
그리고 숲에 걸어들어가 누워서
물속에서 네가 배운 모든 걸 연습하는 생각을 했다.
때로 함께 있던 사람을 볼 수 없었지만,
그 사람을 대신할 사람도 없었다.

여름밤은 빛나고; 들판엔 반딧불이 반짝이고 있었다.
그런 것들을 이해하는 이들에게 별들은 다음과 같은
메시지를 보냈다:
너는 태어난 마을을 떠나게 될 것이다,
너는 다른 나라에서 아주 부자가 되고, 큰 영향력을 갖겠지만,
너는 뒤에 남긴 무언가를 늘 슬퍼할 것이다, 그게 뭔지 말할 수
는 없어도,

그리고 결국 너는 그것을 찾으러 돌아올 것이다.

타작

Threshing

산 뒤로 하늘의 빛
해는 졌지만—이 빛은
해 그림자처럼, 대지 위를 지나간다.

전에는, 해가 높으면,
하늘을 쳐다볼 수 없었다, 눈이 멀게 될 테니.
그 시간에 남자들은 일을 하지 않는다.
그늘에 누워, 기다리거나, 쉰다;
속옷은 땀에 푹 절었고.

하지만 나무 아래는 시원하다,
돌아가며 마시는 물병 같다.
머리 위엔 초록 차양이 햇볕을 막아 준다.
아무도 이야기 않고, 더위에 바스락거리는 나뭇잎 소리만,
손에서 손으로 옮겨 가는 물소리만 들린다.

이 한두 시간이 하루 중 제일 좋은 시간이다.
잠든 것도 아니고, 깬 것도 아니고, 취한 것도 아닌,
여자들은 멀리 있고 그래서
여자들의 소란 없이

하루가 갑자기 평온하고 고요하며 광활해진다.

남자들은 더위를 피해 차양 아래에 누워 있다,
마치 일이 끝난 것처럼.
들판 너머 강은 소리도 없고 움직임도 없다—
강물에 물거품만 아롱다롱.

언제 그 시간이 지났는지 남자는 안다.
물병은 치우고, 빵이 있으면 빵도 치운다.
나뭇잎이 살짝 어두워지고, 그림자가 변한다.
해는 다시 움직이고, 남자들을 함께 데리고 간다,
남자들이 좋아하든 싫어하든 상관없다.

들판 위로, 열기가 한풀 꺾였어도 여전히 맹렬하다.
기계들은 그들이 남겨진 자리에 서 있다,
인내심을 갖고, 사람들이 돌아오길 기다린다.

하늘은 밝지만, 곧 황혼이 찾아온다.
밀을 타작해야 한다; 작업이 끝나기까지는
몇 시간이 남았다.

그 후엔 들판을 걸어서 집으로 돌아가,
저녁을 맞이한다.

잊히는 게 가장 좋은 그 많은 시간.
긴장한 채, 잠을 이루지 못하고, 여인의 부드러운 몸은
늘 더 가까이 다가오고—
숲속에서 보낸 그 시간: 그건 현실이었다.
이것은 꿈이다.

시골 생활

A Village Life

모든 인간을 기다리듯이
나를 기다리는 죽음과 불확실성, 그 그림자들이 나를 평가한다,
한 인간을 파괴하려면 시간이 걸리기 때문에,
긴장감의 요소는
유지될 필요가 있다—

일요일에는 내가 이웃집 개를 산책시킨다, 그래서
이웃집 여자가 교회에 가서 아픈 어머니를 위해 기도할 수 있다.

개는 현관에서 나를 기다린다. 여름과 겨울
우리는 이른 아침, 절벽 기슭으로, 같은 길을 걷는다.
가끔 개가 내게서 잠시 떨어지기도 한다—한두 번 정도,
나무 뒤에 숨어 보이지 않을 때도 있다. 개는 이걸 아주 자랑스
러워한다,
가끔 꺼내 드는 이 속임수를, 그러다 내게 호의를 베풀려고
속임수를 푼다—

그 후 나는 장작을 모으러 집에 돌아간다.

나는 매 산책에서 어떤 이미지들을 간직한다:

길가에서 자라는 수레박하꽃;
이른 봄, 그 개는 작은 회색 쥐를 쫓고,

한동안은 몸의 통제력이 약해지는 걸
생각 안 해도 될 것 같다,
몸과 빈 공간의 비율이 변하는 걸 생각 안 해도,

또 기도는 죽은 자들을 위한 기도가 된다는 것도.

한낮, 교회 종소리가 그쳤다. 넘치는 빛:
아직도, 안개가 목초지를 덮고 있어서,
눈과 얼음으로 덮인 먼 산이 보이지 않는다.

그게 다시 나타나면, 옆집 여자는 그녀의 기도가
응답을 받았다 생각한다. 너무 많은 빛에 그녀는 행복을 주체할
수 없다—
언어로 터져 나올 수밖에 없다. *안녕하세요*, 그녀는 외친다
그게 그녀가 할 수 있는 최선의 번역인 것처럼.

그녀는 내가 산을 믿는 식으로 성모님을 믿는다,

어떤 때는 안개가 절대로 걷히지 않기도 하지만.
하지만 사람마다 자기 희망을 다른 장소에 저장하는 법.

나는 수프를 만들고, 나는 와인 한 잔을 따른다.
사춘기에 접어든 아이처럼, 나는 긴장한다.
곧 당신이 어떤 사람인지, 소년 혹은 소녀, 한 가지는
확실하게 결정될 것이다. 더 이상 둘 다는 아니다.
그리고 아이는 생각한다: 무슨 일이 일어나는지 나 말하고 싶어.
그러나 아이는 아무 말도 하지 않는다.

어렸을 때 나는 이걸 예상하지 못했다.

나중에, 해가 지고, 그림자들이 모여서,
밤을 위해 막 깨어난 짐승들처럼 낮은 관목들 흔들어 댄다.
안에는, 불빛만 있다. 불빛은 천천히 사라지고;
이제 가장 무거운 나무들만이 여전히
악기 선반을 가로질러 어른거린다.
거기서 나오는 음악 소리, 심지어 악기 케이스
잠겨 있어도 나오는 음악 소리를 나는 가끔 듣는다.

내가 새였을 때, 나는 내가 사람이 될 거라 믿었다.
그게 플루트다. 그리고 호른이 대답한다,
내가 사람이었을 때, 난 새가 너무너무 되고 싶었다.
그러자 음악이 사라진다. 음악이 내게 털어놓는 비밀도
또한 사라진다.

창문에, 달이 대지 위에 떠 있다,
무의미하지만 메시지로 가득하다.

달은 죽었다, 항상 죽어 있었다,
하지만 다른 것인 척 한다,
별처럼 타오른다, 설득력 있게, 그래서 당신은 때때로
달이 정말로 지구에서 무언가를 자라게 할 수 있다고 느낀다.

영혼의 이미지가 있다면, 나는 바로 그것이라 생각한다.

나는 어둠 속을 지나서 간다, 어둠이 내게 자연스러운 것처럼,
마치 내가 이미 어둠의 한 요소인 것처럼.
고요하고 평온하게, 날이 밝아 온다.
장날이 되면, 나는 상추를 들고 시장에 간다.

시골 생활

초판 1쇄 인쇄일 2023년 12월 5일
초판 1쇄 발행일 2023년 12월 14일

지은이 루이즈 글릭
옮긴이 정은귀

발행인 윤호권
사업총괄 정유한

편집 구민준 **디자인** 김효정 **마케팅** 정재영 명인수 윤아림 김솔희 이아연 김진규
발행처 ㈜시공사 **주소** 서울시 성동구 상원1길 22, 7-8층(우편번호 04779)
대표전화 02-3486-6877 **팩스(주문)** 02-585-1755
홈페이지 www.sigongsa.com / www.sigongjunior.com

글 ⓒ 루이즈 글릭, 2023

ISBN 979-11-7125-209-1 03840

시골 생활

A Village Life

시골 생활

옮긴이의 말 잔혹 동화 속, 어떤 달을 만나는 일_정은귀

시공사

잔혹 동화 속,
어떤 달을 만나는 일

정은귀

2001년 글릭의 아홉 번째 시집 《일곱 시절》이 나온 후 5년 뒤 2006년, 열 번째 시집 《아베르노》가 출간된다. 《아베르노》 이후 글릭은 많은 문학상을 타게 된다. 미국의 경우 문학상이 주는 권위가 한국만큼 직접적으로 영향을 미치지는 않는 편인데, 그래도 이때쯤 글릭은 미국에서 독자들이 가장 많이 찾는 시인 중 하나로 인정받는다. 글릭 스스로 고백하듯, 문학상의 수상이 시인의 글쓰기에 큰 영향을 주지는 않았다. 시인은 변함없이 매일 시를 쓰고, 시를 쓴 후에는 원하는 시가 자신에게 도달하지 않은 자괴감에 시달리지만 또 시만이 주는 위안 속에서 계속 시를 쓴다. 이번 시집, 《시골 생활》은 《아베르노》 후 3년 만에 나온 11번째 시집, 행복하나 슬프나 좋으나 싫으나 끊임없이 시를 쓴 글릭의 꾸준한 인내를 다시 한 번 확인하게 하는 이력이다.

지금까지 글릭의 시집들을 번역하면서 글릭이 펼쳐 놓은 이런저런 시의 세계를 모두 탐험한 역자로서는 글릭이 서정시인으로서의 자리를 꼿꼿이 지키면서 매 시집마다 시도하는 실험들이 재미있어서 지겨운 줄 몰랐다. 그러니 어느 시집이 제일 좋았다고 말할 수는 없다. 독자들 중에는 어느 시집이 제일 좋은가요? 천진하게 물어오는 분도 계시지만, 시집의 순위를 매기는 질문은 '엄마가 좋은가, 아빠가 좋은가'라는 질문만큼 곤란하고 당황스럽다. 그럴 때 나는 맨 첫 시집, 시인이 수도 없이 거절 끝에 포기하지 않고 도전해서 출간된 《맏이》부터 먼저 읽어 보시라고 말씀드린다. 들고 있는 매 시집마다 새로운 사랑에 빠지는 사람이라 그런지 나는 시집의 순위를 매기는 대신에 이 시집은 이래서 좋고, 저 시집은 저래서 좋다고 말하는 편이다.

이번 시집 《시골 생활》도 번역하면서 담뿍 사랑에 빠졌다 나온다는 고백을 먼저 한다. 달큰한 것, 예쁜 것, 나를 행복하게 해 주는 대상과 사랑에 빠지는 것이 아니라 이 세계의 혼돈과 진실을 남김없이 드러내는 어떤 스산함, 그러나 별로 슬프지 않은 그 정돈된 시선과 사랑에 빠졌다. 이 시집은 글릭의 잔혹 동화이기 때문이다. 그래서 이번에는 이빨과 발톱들이 빨갛게 물들어 있는 글릭의 야생의 세계, 그가 날것의 세계를 어떻게 응시하고 있는지, 그 황폐와 당혹, 처참을, 그 치명적인 흑백의 세계에서 우리가 무엇을 만나는지 살펴보기로 하자.

한 비평가는 시인 글릭이 가장 좋아하는 인사 방식을 '매복'(ambush)라고 설명한다. 어떤 기대가 무너지는 방식, 숨어 있던 것이 공격해 오는 방식이다. 시 〈수확〉은 이렇게 시작한다.

시장에는 가을이 왔다—
토마토를 사는 것은 더 이상 현명하지 않다.
토마토는 겉은 여전히 아름답다,
완벽하게 둥글고, 붉다, 희귀한 품종은
모양이 이상하다, 빨간 기름종이 덮인 사람의 뇌처럼 기형적이다.

속을 들여다보면, 토마토는 없다. 검고, 곰팡이가 슬었다—
불안감 없이는 한 입도 베어 먹을 수 없다.
여기저기, 얼룩 있는 과일들 사이에서, 어떤 과일은
아직 완벽하다, 부패가 시작되기 전에 땄기에.

—〈수확〉 부분

가을이다. 시장에는 이런저런 과일들이 나왔다. 그런데 토마토가 끝물인가 보다. 겉만 아름답고 속은 썩었단다. 탐스럽게 잘 익은 토마토의 속-없음, 시커먼 속, 당혹스럽다. 가장 익숙하고 친근한 과일 토마토조차 마음대로 살 수 없다. 토마토 한 입 베어 무는 일에도 불안이 싹튼다는 것. 이 가을, 이미 토마토의 부패가 시작되었다. 하지만 가을은, 가을의 수확은 토마토 대신 다른 과일들, 다른 식물들을 내놓는다. 시에서 시인은 호박, 조롱박, 마늘, 덩굴의 새 완두콩을 언급한다. 하나가 가고 나면 다른 것들이 오는 세상의 섭리다.

하지만 가을의 저물녘, 불온한 시간은 어김없이 찾아와서 조롱박도 땅에서 썩고, 달콤한 포도도 끝물인 계절. 서리가 내리고 눈이 내리고 나면 시인은 수확에 대한 질문은 그만하라고 묻는다. 그러고는 이런 답이 온다. "눈이 내린다; 생명의 가식도 끝이 난다." 봄, 여름, 가을, 이 땅을 온갖 색깔로 물들이며 생명의 생명다움을 뽐냈던 것들의 가식이 드디어 끝이 난다. 생명의 가식이 식물들에게만 해당될까? 사람은 어떤가? 썩어도 썩은 줄 모르고, 병이 들어도 병든 줄 모른다. 바로 내일 나를 덮칠 불운을 모르고 오늘 웃는 우리. 끝끝내 황폐해져 가는 몸을 알지 못하는 우리. 한 겹의 가식과 위선을 싸며 괜찮다 하는 우리. 이 세계는 어떤가? 화려하게 쌓아 올린 문명이 전쟁 속에서 아이들을 죽이고, 난데없이 나타난 빈대와의 전쟁까지 그 혼란 속에서 강한 자들은 자신들만의 성을 더 쌓아 올리고, 허물어지는 쪽은 연약한 쪽, 보드라운 쪽이다. 시인은 이 시를 9·11로 미국 뉴욕의 세계무역센터 쌍둥이 빌딩이 무너진 이후 이 시들을 썼다. 제국과 문명이 상징이 무너지고 수많은 사람들의 죽음을 목도하고 세계가 돌이킬 수 없는 전쟁으로 돌입하던 시기, 시인은 시골로 들어온다.

평온을 가장하고 숨어 있다가 갑자기 민낯을 드러내는 '매복'은 이번 시집만의 특징이 아니다. 2001년 출간된 《일곱 시절》에서도 시인은 우리 삶의 굽이굽이마다 환희와 기쁨의 순간에 어김없이 추락과 조락이 찾아온다고 말한다. 그리고 미국이, 온 세계가 9·11 이후의 마비를 겪고 있을 때 시인은 신화의 세계로 들어가 《아베르노》를 쓴다. 의지하는 것들이 다 사라진 어떤 세계를. 미지의 땅으로 끌려간 페르세포네. 그러나 그 납치는 끝이 아니어서 페르세포네는 자신만의 이야기를 쓴다. 《시골 생활》은 일테면, 수많은 페르세포네의 새로운 일기다.

시골에서 태어나 큰 도시로 간 아이들, 도시의 방황과 도시의 실패. 그러다 다시 돌아오는 아이들. 〈갈림길들〉에서 작은 시골 마을 분수대에서 만나는 사람들은 그 떠남과 돌아옴의 변주 안에서 탄생한 이들이다. 어린 아이들은 물장난을 치고, 새로 연인이 된 이들은 연못가에 앉아 사랑을 나눈다. 아기를 데리고 나온 엄마들은 분수대의 물을 바라보며 한때 자신들을 사로잡은 그 시간을 생각한다. 노인들은 커피와 담배, 코냑으로 하루하루를 때운다. 우는 아이들, 착잡한 엄마들, 심드렁한 노인들, 어느 순간 사람들이 모두 떠난 분수대, 텅 빈 광장. 스산히 날리는 가을 낙엽. 우리 각자는 저마다 다양한 사연을 품은 작은 마을의 큰길에서 서성인다.

깨어진 믿음의 거리, 실망의 거리,
아카시아 나무의 거리, 올리브 나무의 거리,
바람은 은빛 잎사귀로 가득하고,

잃어버린 시간의 거리, 들판 끄트머리가 아니라

산기슭에 있는 돌에서 끝나는 자유의 거리.

-〈갈림길들〉 부분

　마을을 관통하는 넓은 거리를 만드는 이름들은 우리 삶 마디마
디에서 우리가 만나는 사건들, 감정들이다. 영원히 사랑할 것 같던
연인은 권태가 덮치고 믿음은 깨진다. 한껏 부푼 꿈을 꾸었던 신랑
과 신부는 아이를 돌보고 일하는 시간의 바퀴 속에서 멀어진다. 호
기심 많은 아이는 물에 빠져 죽는다. 할 수 있는 거라곤 나이를 먹
는 일밖에 없는 노인은 분수대 한 구석 테이블에서 의미 없는 잡담
을 나누며 늙어 간다. 삶이란 그처럼 당혹스런 일이다. 그런 잔혹
동화를 글릭은 태연하게 바라본다.

　하지만 시에서 드러나는 평정과 태연함을 시인 글릭의 냉혹과
연결 짓는다면 그건 큰 오독일 것이리라. 시인이 드리우는 관찰의
시선은 실은 그녀가 얼마나 섬세하고 민감하게 우리 삶의 균열을
보고 있는가를 증명한다. 그 균열들은 잘 보이지 않는다. 매복한 적
군의 병사처럼. 숨어 있다가 의식이 나른해지는 순간에 일거에 공
격해 들어온다. 모든 재난은 그러하다. 시인은 재난은 시작되어 온
갖 것들의 아름다움과 평화가 깨어지는 그 현장—9·11 이후 미국
의 혼돈, 전쟁으로 피를 흘리는 무고한 아이들—을 직접 적나라하
게 들여다보는 대신, 우리가 잘 아는 오래된 이야기들을 태연하게
재연한다. 가끔은 우스꽝스런 표정을 하고.

　이 세상이 지겨워지는 건 당연하다.
　네가 이렇게나 오래 죽어 있다면, 아마 천국도 지겨울 것이다.
　한 장소에서 할 수 있는 일을 하다가

얼마의 시간이 지나서 거기서 네가 지치면

너는 구출을 갈망하게 된다

-〈카페에서〉 부분

재난은 종종 우리가 가장 평온할 때, 평온이 익숙하다 못해 나른하고 지겨워질 때 찾아온다. 특히 한곳에 못 박혀 사는 삶, 단조로운 일상, 옆집 아이가 몇 살인지, 몇 학년인지를 아는 익숙함은 우리의 가장 든든한 원군이지만, 그 변화 없는 평안에 우리는 쉽게 지친다. 지겨워진다. 그래서 우리는 구출을 갈망하게 된다.

시를 번역하고 나면 반복해서 읽으면서 우리말 리듬을 자꾸 생각하는데, 여기서 나는 구출 대신 '탈출' 혹은 '구원'으로 바꾸고 싶은 유혹을 간신히 참는다. 이 역자 후기를 쓰는 순간까지도. 탈출이라고 읽는 게 더 자연스러울 수 있는데, 차이가 있다. 탈출은 자기 의지의 함의가 크다. 구원은 나보다 더 큰 힘에 의해 지금-여기를 벗어나는 것이다. 매일 이 너저분한 현실에서 '시의 구원'을 받는 나조차도, 종교적인 함의가 큰 단어는 피하고 싶다. 집이 지겨워 집을 스스로 나가는 것은 탈출이겠지만, 누군가가 와서 끌어내 주는 것은 구출이다. 이 구출은, 말하자면 미국의 잔혹 동화를 가감 없이 쓰는 또 다른 작가, 소설가 조이스 캐롤 오츠(Joyce Carol Oates, 1938~)이 그리는 시골의 삶과 똑 닮아 있다. 오츠의 단편소설 〈너 어디로 가고 있니, 어디에 있었니〉("Where Are You Going, Where Have You Been")에서 그려지는 방식, 한적한 시골의 삶이 지겨워진 코니(Connie)가 그 현실에서 벗어나는 것은 혼자만의 힘으로는 안 된다. 한껏 멋을 내고선 차를 타고 집 앞에 와 음악을 틀며 밖으로 나오라고 계속 꼬드기는 존재가 있어야 그 아이는 끌리듯 집을 나설 수 있다. 이렇듯 욕망과 유혹은 한쪽만의 어떤 강렬한 심리가 아니라 어떤 불안전한 두 힘의 자장이 서로 끌려서 붙어야 가능한 일이 된다.

글릭이 《시골 생활》에서 그리는 잔혹 동화는 그렇다고 하여 비참과 절망의 잔혹 동화는 아니다. 여기서 방점은 동화에 찍힌다. 그 안에는 순수한 회구가 있다. 갈망이 있다. 엄마 품에 깃들어 잠을 자는 아이의 평화가 있다. 엄마는 피곤해 죽을 지경인데, 아이는 계속 말을 시키고 노래를 불러 달라고 한다. 어느 순간 곯아떨어진 아이, 그 잠을 시인은 '첫 눈'이 내린 대지와 비교한다. 지친 지구와 지친 엄마는 동격이다. 그 지친 지구를 덮는 첫 눈의 평화는 잠든 아이의 침묵을 바라보는 엄마의 평화와 닮아 있다.

사춘기 아이에게 성교육을 시키는 엄마를 그리는 시 〈강에서〉는 아이가 맞이하는 어떤 당혹과 굴욕을 실감나게 그린다. 자전거 조립 지침보다 더 따라 하기 힘든 성교육 지침서. '쾌락'이란 이름을 부르기 민망한 엄마는 그래서 그 책을 준다. 우리 세대, 우리들의 엄마는 민망해서 아예 시도하지 않았을 그 교육. 엄마와 딸이 나누는 쾌락에 대한 대화는 이해 불가한 것, 감각에 대한 것이 아니고 기계 공학에 대한 일장 연설에 더 가까웠다고 회상하는 그런 난처한 일들 속에서도 아이는 자란다.

내가 판단하기로, 그건 쾌락이 아니었다.
동시에, 사람들을 하나로 묶는 것이 무엇이든,
그 서늘한 흑백 다이어그램과 닮지 않았다, 그건 말하자면,
다른 것들 중에, 너는 다만
반대되는 성(性)의 사람하고만 쾌락을 얻을 수 있다는 뜻이었다,
일테면 소켓 두 개가 있고 플러그는 없는 상황이 안 되도록.

-〈강에서〉 부분

　나이 들어 회상하는 방식으로 드러나는 날의 이야기다. 사회가
강요하는 도덕률과 어떤 윤리들, 어떤 이들에게는 낡았다고 여겨질
것이고, 어떤 이들에게는 여전히 난공불락의 진리로 여겨질 남녀
사이 사랑이 어떻게 진행되어야 하는지 그림과 논리로 전해지는 이
당혹을 시인은 이렇듯 넌지시 전한다. 소켓 두 개가 있고 플러그는
없는 상황 또한 이 글을 읽는 독자들은 짐작하시리라. 그런 어머니
의 당혹스런 성교육을 뒤로 하고, 아이들은 자라 소녀가 되고 청년
이 되고 강으로 나간다. 좋아하는 남자애의 목덜미를 몰래 바라본
다. 이어지는 부분을 읽어 보자.

　그리고 잠시 후 우리는 다 함께 일어나 어둠을 헤치고 마을로
　돌아왔다. 들판 위로, 하늘이 맑았다,
　강물 속에서처럼 사방에 별들이 있었다, 이 별들은 진짜 별들이었지
만,
　심지어 죽은 별들도 모두 진짜였다.

　하지만 강에 있는 별들은―
　그 별들은 수천 개의 아이디어가 갑자기 폭발하는 것 같았다,
　아마 진짜는 아니었겠지만, 왠지 더 생생하게 느껴졌다.

　집에 도착했을 때, 어머니는 주무시고 계셨고, 아버지는 아직도 식탁
에 앉아
　책을 읽고 계셨다. 그러면 내가 물었다, 친구분은 가셨어요?

14

그러면 아버지는 나를 한참 뚫어지게 쳐다보셨다,

그러고는 말씀하시길, 네 엄마와 나는 저녁 식사 후에 와인 한 잔 함께 하곤 했단다.

—〈강에서〉 부분

그 밤, 강물 위 하늘은 맑고 밤하늘은 별들로 가득하다. 강물 속에도, 하늘에도 사방에 가득한 별들. 별빛 가득한 밤의 낭만을 기억하는 이들은 이 구절에서 마음 한 자락 아련하고 아득해질 것이다. 자라면서 맞이하는 어떤 굴욕과 당혹과 호기심과 설렘들. 집으로 돌아오면 어머니는 주무시고, 아버지는 책을 읽고 있다. 늘 그렇듯 맞은편에는 술친구를 두고서. 늘 그렇듯 그 술친구는 우리 눈에는 보이지 않는다.

글릭은 자주, 시의 끝부분에 어떤 마음의 불을 당기는 구절을 마련해 놓는데, 이 시 끝부분에서 내 마음에 혹 불을 지핀 구절은 하늘 위의 별들을 바라보면서 "심지어 죽은 별들도 모두 진짜였다"라고 하는 구절이다. 그 '당혹 동화'(잔혹 동화가 아니라)의 천연스런 전개도 좋았지만, 우리 눈에 들어오는 하늘의 별이 모두 진짜 별이지만 모두 살아 있는 별은 아니라는 말. 어떤 별들은 우리에게 죽어서 도착한다는 과학 상식을 천연스럽게 전하면서 하지만 "죽은 별들도 모두 진짜였다"고 말하는 그 이상한 무미(無味)한 방식이 나를 사로잡는다.

그리고 바로 다음 연에 강물에 비친 별들을 바라보면서, "강에 있는 별들은 수천 개의 아이디어가 갑자기 폭발하는 것 같았다, / 아마 진짜는 아니었겠지만, 왠지 더 생생하게 느껴졌다"라고 하는 것도, 현실을 재현하는 시의 언어, 그 다른 층위들에 대한 비스듬

한 암시다. 강물에 비친 별들은 하늘의 별들과 달리, 진짜가 아니었겠지만 더 생생하게 느껴지는 것, 별의 힘은 그처럼 우리에게 실제와는 다른 어떤 희망과 꿈, 설렘을 주는 것인지도 모른다. 그런 게 예술적 재현이 각기 다른 방식으로 전하는 아름다움이고, 그런 게 또 인생인 것이다. 죽은 별도 진짜이고, 진짜가 아닌 별도 더 생생한 것, 그렇다. 맞다. 재밌고 우스꽝스럽고 민망한 굴욕, 어릴 적 엄마가 강요한 성교육과 얽힌 기억을 전하는 시에서 시인이 보여 주는 남다른 통찰에 고개를 끄덕이지 않을 수 없다.

이 시집에서 시인은 시골 생활을 이어가는 사람들의 일상의 속살을 켜켜이 보여 준다. 시골이라 하지만 우리가 생각하는 시골과 좀 다르다. 미국에서 작은 도시, 우리나라로 치면 읍내 정도가 적당할, 영화관도 있고, 분수대도 있고 시청도 있지만, 조금만 나가면 먼 벌판과 습지가 있고 도로가 먼 세계로 인도하는 그런 곳. 내가 유학 시절을 보낸 미국 뉴욕 주 버펄로(Buffalo, NY)와 그 주변의 토나완다(Tonawanda)도 이 시에 등장하는 딱 이 정도의 시골이었다. 시집에서 배경은 물론 어떤 지중해 마을이다. 하지만 시인은 수많은 사람들이 일시에 죽음을 맞은 대도시, 21세기 문명의 폐허 속에서 눈을 돌려 시골의 일상이 품고 있는 삶의 변주들을 아우른다. 태어난 장소가 형성하고 통제하는 삶의 모습들, 자라는 일, 사랑하는 일, 직장을 잡고 일을 하고 결혼을 하고 일상을 이어 가는 일, 늙어 가는 일, 그 다양한 변주를 신중하게 진행한다. "어떤 장소에 대해 네가 알아야 할 것은 거기 사람이 사는가 하는 것뿐. / 사람이 살고 있다면, 모든 것을 알 수 있다"(〈일출〉)라고 사람들 사이로 언덕과 하늘을, 그 공간을 노닐었던 우리들을 비춘다. 하지만 또 동시에 시인은 "우리가 한때 살던 곳은 산기슭 시냇물이나 강이 될 것이다"
라는 말로 그 장소가 영원하지 않다는 것, 필멸(必滅)로 가는 것이
인간만은 아니라는 점을 놓치지 않는다.

시 〈따뜻한 날〉은 한 여성이 빨래를 너는 이웃을 묘사한다. 봄의
첫날이다. "오늘은 해가 쨍쨍해서 / 옆집 사람이 강에서 잠옷을 빨
았다"로 시작하는 시는 상쾌하고 단순한 언어로 어느 따뜻한 날의
풍경을 부드럽게 전한다. 긴 겨울은 힘들었다. 회색 비가 끝도 없이
내렸다. (여기서 다시, 내가 공부하던 미국의 작은 도시를 떠올린다. 4월
까지 계속되던 겨울, 보름 동안 내리던 눈비) "새들이 돌아와, 씨앗을 두
고 재잘거린다. / 눈이 다 녹고; 과일나무에는 솜털 같은 새순이 돋
아나고 있다. / 몇몇 연인은 목초지를 걸으며 서로 약속을 하기도
한다" 이런 곳에 첫 봄이 오면 햇살은 그 자체로 치유다. 봄의 첫 날
은 이렇게 다정하게 오고 다정하게 흐른다.

아직 가득하고, 아무것도 끝나지 않았다,
막 해가 하늘에서 더 낮아지기 시작했지만;
아직 여름이 아니라 봄의 시작일 뿐이라는 것을 기억하며;
온기는 아직 자리잡지 않았고, 추위가 돌아오고 있다—

그녀는 그걸 느낀다, 마치 손에 쥔 마지막 린넨 조각이 얼어붙은 것처
럼.
그녀는 자기 손을 바라본다—얼마나 늙었는지. 그건 시작이 아니다,
그건 끝이다.
어른들은, 이제, 다 죽었다.
아이들만 남았다, 홀로 늙어 가고 있다.

보드라운 햇살 받으며 빨래를 하고 빨래를 너는 이웃, 그 풍경을 바라보는 나. 모든 것이 햇살 속에서 성장하고 치유되는 그 풍경 속에서 이웃과 나는 적당히 서로 사적인 공간을 남겨 두면서 어떤 말도 하지 않고 각자의 일을 한다. 끝도 없이, 바구니에선 빨래가 나오고 이웃은 빨랫줄에 옷을 널고 그런 나는 아무런 말없이 그 풍경을 바라본다. 말이 오고가지 않아도 서로 공유하는 어떤 감각, 경험이 고스란히 시에 흐르면서 시는 모처럼 안온하다.

하지만 글릭은 늘 그렇듯, 가장 평온하고 보드랍고 따스한 일상에 어떤 것을 숨겨 둔다. 낙관의 순간, 긴 겨울의 우울이 치유될 수 있는 그 가능성은 곧 끝에 대한 생각에 잠긴다. 매복인 것이다. 아직 여름이 아니라 봄의 시작일 뿐이고, 오늘 따뜻한 날은 내일 다시 꽃샘추위에 시달릴 것이다. 옷을 널던 이웃은 그래서 손끝이 시려온다. 두 손이 얼어붙는 것 같다. 곧 하루해가 기울 것이다. 자기 손을 바라보는 이웃. 늙은 손, 낡은 세월, 삭아 가는 시간, 어른들은 하나씩 둘씩 떠나고, 아이들만 남은 이 시골의 삶. "아이들만 남았다, 홀로 늙어 가고 있다"라는 시의 말미에 이르면 다시 우리는 잠시 머물렀던 그 따스한 온기 대신 냉정한 삶의 비수 같은 진실과 마주한다. 이렇게 우리 각자는 왔다가 간다는 사실. 세대가 바뀐다는 것, 그런 점에서 남은 것은 마을 생활이고, 그 마을을 오고 가는 사람들은 어떤 환영처럼 느껴지기도 한다.

〈밤 산책〉에서 시인은 "이제 그녀는 늙었으니, / 젊은 남자들은 그녀에게 얼씬도 않는다, / 그래서 밤은 자유롭다."라며 한때 연약한 몸으로 어떤 거친 욕망들의 대상이 되었던 그녀의 늙음을 그린다. 해서 "그토록 위험했던 해질 녘 거리도 / 목초지처럼 안전해졌다"고 하는데, 여기서 늙음의 슬픈 진실은 밖으로, 어떤 감정으로 드러나지 않는다. 희망과 낙관, 기대, 그리고 절망과 권태, 환멸 사이를 시인은 유연하고 태연하게 오간다. 그러나 그 동시에 그 안에 숨어 있다가 되살아나는 생상한 감각을 놓치지 않는다. 그처럼 냉정한 톤으로 태연하게 사실로 이야기하던 시의 시작과 달리 시의 마지막은 이렇게 끝나니 말이다.

> 이런 밤에, 그녀는 다리까지 빨리 걸어갔다가
> 돌아올 것이다.
> 모든 것이 아직은 여름 내음이다.
> 그리고 그녀의 몸은, 가벼운 여름 옷 밑에서 어른어른,
> 젊은 여자였던 그 몸으로 다시 보이기 시작한다.
>
> ─〈밤 산책〉 부분

시의 서두에 냉정하게 어리던 시선, 아무도 쳐다보지 않는 낡은 몸, 속절없는 늙음은 밤을 걷는 그 시간, 밤 산책을 통해서 순식간에 바뀐다. 시가 부인하기 힘든 어떤 비관에서 시작했다면 이제 다시 마법처럼 기쁨의 감각으로 전환된다. 그렇다면 '매복'은 안락과 기쁨이 한순간에 절망과 비탄으로 빠지는 방식으로 오는 것만은 아니다. 속절없이 시들어 가는 이 일상, 돌이킬 수 없는 비탄 속에서 또 어느 순간 삶은 우리를 거부할 수 없는 생명의 환희로 이끈다. 힘든 결혼 생활에 갇혀 있는 몸도, 남편의 음식 타박을 들어야 하는 아내도, 꿈도 없이 부유하는 청춘들도, 더는 바랄 것 없이 늙어 가는 몸도, 이 연약하고 불안정하고 상처 입기 쉬운 존재들이 어느

순간에 기쁜 감각으로 되살아나는 이 기적. 물론, 그 기쁨 또한 일시적인 것임을 놓치지 않지만.

시인의 당혹스런 동화는 기쁨 속에 슬픔을, 슬픔 속에 기쁨을 숨겨 두면서 계속해서 생생하고 소소한 이야기들을 소환한다. 총 41편의 시들이 그처럼 소소하게 여름에서 가을로 가는 시간, 겨울에서 봄으로 오는 시간을 소환하고 대도시가 아닌 작은 마을에서 사위어 가는, 사위어 가다 다시 따뜻한 불로 타오르는 사람들의 일상을 보여 준다. 〈불타는 이파리〉〈한여름〉〈타작〉 등 계절에 따라 변모하는 자연의 이미지들이 우리 삶의 한 지점과 밀접하게 닿아 있음을 실감나게 보여 주면서 시인은 시집의 마지막 시, 〈시골 생활〉에 이르러 옆집 여자를 다시 불러낸다. 어머니가 아픈 옆집 여자. 그녀가 일요일에 병든 어머니를 위해 기도할 수 있도록 개를 대신 산책시키는 이 너그러운 화자. 매번의 산책에서 만나는 이미지들을 추억처럼 박제하는 시의 화자. 옆집 여자는 시인 자신이기도 하다. 물론 나는 그녀처럼 신을 믿지 않지만, 나는 산을 믿고, 그녀는 성모님을 믿지만, 우리는 각자 어딘가에 의탁함으로써 이 곡절 많은 생을 산다. "사람마다 자기 희망을 다른 장소에 저장"하고 있으니 말이다.

시는 아주 평범한 일상의 한 조각을 반복하면서 끝이 난다. 수프를 만들고 와인을 따르고 음악을 듣고, 창문에 가득한 달. 대지를 비추는 달. 죽어 있는 달, 그러나 늘 다른 것으로 살아 있는 척 하는 달. 시의 마지막에 등장하는 달의 이미지를 곰곰이 읽어 보자.

달은 죽었다, 항상 죽어 있었다,
하지만 다른 것인 척 한다,

별처럼 타오른다, 그것도 설득력 있게, 그래서 당신은 때때로
달이 정말로 지구에서 무언가를 자라게 할 수 있다고 느낀다.

영혼의 이미지가 있다면, 나는 바로 그것이라 생각한다.

나는 어둠 속을 지나서 간다, 어둠이 내게 자연스러운 것처럼,
마치 내가 이미 어둠의 한 요소인 것처럼.
고요하고 평온하게, 날이 밝아 온다.
장날이 되면, 나는 상추를 들고 시장에 간다.

-〈시골 생활〉 부분

나는 여기서 달을 시로 바꾸어 읽는다. 평범하고 고단하고 별 것
없었던 하루의 끝, 반복되는 일상에서 늙어 가는 것만이 유일한 미
래로 남은 이의 하루 끝에 달이 있는데, 그 달은 죽어 있지만 늘 다
른 것인 척 한다. 시를 좋아하고 늘 시를 읽고 일상에 지치고 풀 죽
어 있다가도 시가 전하는 광휘에 다시 반짝 눈을 뜨는 나는, 가끔
생각한다. 시여, 너는 무엇인가? 너는 죽어 있는 것 아닌가? 이 세상
에, 혐오와 질시와 분노와 공격 의지로 충만한 이 세상에…….

별처럼 타오르는 달을 보며, 때로 달이 정말로 지구에서 무언가
자라게 할 수 있다고 느끼는 것. 내가 시를 읽는 일이 이런 것일까,
생각한다. 그래서 이 밤, 이 한낮, 어둠 속을 지나가는 일이 두려움
이 아닌 익숙한 평온이 된다. "마치 내가 예전부터 어둠의 한 부분
이었다"는 듯이 말이다. 그러면 고요하고 평온하게 다시 날이 밝는
다. "장날이 되면, 나는 상추를 들고 시장에 간다" 시집의 마지막 장
을 닫으며 나는 다시 낮게 '아' 한다. 그래, 그래야지. 마치 화난 아

이를 달래는 엄마의 손길처럼. 불안한 우리를 어루만지는 달의 손길. 지친 우리를 어루만지는 시의 손길. 그러니 오늘 하루, 이 겨울에 나는 어떤 매복처럼 다시 시를 기다린다.